El capitán salió a comer
y los marineros tomaron el barco

quinteto

q

Charles Bukowski

El capitán salió a comer y los marineros tomaron el barco

Traducción de Roger Wolfe
Ilustrado por Robert Crumb

ANAGRAMA

Título original: *The Captain Is Out to Lunch and the Sailors Have Taken Over the Ship*
Black Sparrow Press
Santa Rosa, 1998

© Linda Lee Bukowski, 1998
© de las ilustraciones, Robert Crumb, 1998
© Editorial Anagrama, S. A, 2003
   Pedró de la Creu, 58. 08034 Barcelona

Diseño de la cubierta: Opalworks
Ilustración de la cubierta: © Photonica
Primera edición: enero de 2002
Segunda edición: abril de 2003

Depósito legal: B. 19.817-2003
ISBN: 84-339-6818-1
Composición: Víctor Igual, S. L.
Impreso en: Litografía Rosés, S. A.
Encuadernado por: Litografía Rosés, S. A.
Printed in Spain - Impreso en España

El derecho a utilizar la marca Quinteto corresponde a las editoriales ANAGRAMA,
EDHASA, GRUP 62, SALAMANDRA y TUSQUETS.

Biografía

Charles Bukowski murió en 1994, a tan sólo seis años del nuevo milenio y de la fecha en que le hubiera gustado irse al otro barrio, «con 80 años de edad», como él mismo había dicho en alguna que otra ocasión. Los dioses no le permitieron ese último deseo; tenía 73 años cuando murió. En cualquier caso, tras la vida que llevó, sus lectores podemos dar gracias de que anduviera más de siete décadas entre los vivos. Bukowski ha dejado una obra ciertamente dilatada: más de 30 títulos que incluyen poesía, novela, cuentos, un guión cinematográfico, volúmenes de cartas y el presente diario, *El capitán salió a comer y los marineros tomaron el barco*, obra póstuma de Bukowski rescatada de los archivos de su editor y amigo durante más de 20 años, John Martin.

Buen día hoy en el hipódromo, estuve a punto de barrer.

Pero se aburre uno allí, hasta cuando está ganando. Es la espera de 30 minutos entre carreras, tu vida goteando en el espacio. La gente tiene un aspecto gris, pisoteado. Y yo estoy allí con ellos. Pero ¿a qué otro sitio podría ir? ¿Un museo de arte? Imaginaos pasarse el día en casa, jugando a ser escritor. Podría llevar un pañuelo. Recuerdo a un poeta que solía pasarse a visitarme hecho polvo. Camisa sin botones, vómito en los pantalones, pelo en los ojos, cordones desatados, pero tenía un pañuelo largo que siempre llevaba muy limpio. Eso lo identificaba como poeta. ¿Su escritura? Bueno, olvídate...

Llegué a casa, me di un baño en la piscina, luego me metí en el jacuzzi. Mi alma está en peligro. Siempre lo ha estado.

Estaba sentado en el sofá con Linda, la buena y oscura noche descendiendo, cuando llamaron a la puerta. Linda fue a abrir.

—Será mejor que vengas, Hank...

Fui hasta la puerta, descalzo, en bata. Un tipo joven, rubio, una chica joven, gorda, y una chica de tamaño medio.

—Quieren un autógrafo tuyo...

7

—No recibo a gente —les dije.

—Sólo queremos un autógrafo —dijo el tipo rubio—, y le prometemos no volver.

Luego empezó a echar risitas, sujetándose la cabeza. Las chicas se quedaron mirando.

—Pero no habéis traído un bolígrafo, ni un papel siquiera —dije.

—Bueno —dijo el chaval rubio, quitándose las manos de la cabeza—, volveremos en otra ocasión con un libro. Quizá en un momento más adecuado...

La bata. Los pies descalzos. Puede que el chaval me tomara por un excéntrico. Puede que lo fuera.

—No vengáis por la mañana —les dije.

Les vi empezar a marcharse y cerré la puerta...

Ahora estoy aquí arriba escribiendo sobre ellos. Tienes que ser un poco duro con ellos o te avasallan. He tenido experiencias horribles cerrándoles el paso. Hay muchos que piensan que de alguna manera los invitarás a entrar y te pasarás la noche bebiendo con ellos. Yo prefiero beber solo. Un escritor no se debe más que a su escritura. No le debe nada al lector excepto la disponibilidad de la página impresa. Pero lo peor es que muchos de los que llaman a la puerta ni siquiera son lectores. Simplemente han oído algo. El mejor lector y el mejor humano son los que me recompensan con su ausencia.

Un día lento hoy en el hipódromo, mi maldita vida colgada de un gancho. Voy todos los días. No veo a nadie por allí que vaya todos los días excepto los empleados. Probablemente tenga alguna enfermedad. Saroyan perdió el culo en el hipódromo, Fante con el póquer, Dostoievski con la ruleta. Y realmente no es cuestión de dinero, a menos que se te acabe. Yo tenía un amigo jugador que me dijo una vez: «No me importa ganar o perder, lo único que quiero es jugar.» Yo le tengo más respeto al dinero. He tenido muy poco la mayor parte de mi vida. Sé lo que es el banco de un parque, y los golpes del casero en la puerta. Con el dinero sólo hay dos problemas: tener demasiado o tener demasiado poco.

Supongo que siempre hay algo ahí fuera con lo que queremos torturarnos. Y en el hipódromo sientes a los demás, esa desesperada oscuridad, y la facilidad con que tiran la toalla y se rinden. La gente que va a las carreras es el mundo en pequeño, la vida rozándose contra la muerte y perdiendo. Nadie gana, finalmente; no hacemos más que buscar un aplazamiento, guarecernos un momento del resplandor. (Mierda, acabo de darme en el dedo con la punta encendida de mi cigarrillo, mientras divagaba sobre esta inutilidad.

Eso me ha despertado, ¡sacado de este estado sartriano!) Bueno, necesitamos humor, necesitamos reírnos. Yo solía reírme más, solía hacer más de todo, excepto escribir. Ahora escribo y escribo y escribo, cuanto más viejo soy más escribo, bailando con la muerte. Buen espectáculo. Y creo que lo que hago está bien. Un día dirán «Bukowski ha muerto», y entonces seré descubierto de verdad, y me colgarán de brillantes farolas apestosas. ¿Y qué? La inmortalidad es el estúpido invento de los vivos. ¿Veis lo que hace el hipódromo? Hace que fluyan las líneas. Relámpagos y suerte. El canto del último pájaro azul. Cualquier cosa que diga suena bien porque apuesto cuando escribo. Hay demasiados que son demasiado cuidadosos. Estudian, enseñan y fracasan. Las convenciones los despojan de su fuego.

Ahora me siento mejor, aquí arriba, en el primer piso, con mi Macintosh. Mi compañero.

Y Mahler suena en la radio, se desliza con tanta fluidez, corriendo grandes riesgos; a uno le hace falta eso, a veces. Luego te mete esas largas subidas de potencia. Gracias, Mahler, tomo prestado de ti pero nunca te lo puedo devolver.

Fumo demasiado, bebo demasiado, pero no puedo escribir demasiado, no hace más que seguir fluyendo, y yo pido más, y viene más y se mezcla con Mahler. A veces me obligo a pararme. Me digo, espera un momento, échate a dormir o quédate mirando tus 9 gatos o siéntate con tu mujer en el sofá. Siempre estás en el hipódromo o delante del Macintosh. Y entonces me paro, echo los frenos y paro la maldita máquina.

Hay gente que me ha escrito para decirme que mi escritura les ha ayudado a seguir adelante. A mí también me ha ayudado. La escritura, los caballos, los 9 gatos.

Hay un pequeño balcón ahí fuera, la puerta está abierta y veo las luces de los coches en la Harbor Freeway, hacia el sur, nunca se detienen, ese flujo de luces, sin principio ni fin. Toda esa gente. ¿Qué hace? ¿Qué piensa? Todos vamos a morir, todos nosotros, ¡menudo circo! Debería bastar con eso para que nos amáramos unos a otros, pero no es así. Nos aterrorizan y aplastan las trivialidades, nos devora la nada.

¡Sigue dándole, Mahler! Tú has hecho que esta noche sea maravillosa. ¡No pares, hijo de puta! ¡No pares!

Debería cortarme las uñas de los pies. Me duelen los
pies desde hace dos semanas. Sé que son las uñas,
pero no encuentro tiempo para cortármelas. Siempre
estoy luchando por ese minuto, no tengo tiempo para
nada. Claro que si pudiera alejarme del hipódromo
tendría tiempo de sobra. Pero mi vida entera ha con-
sistido en luchar por una simple hora para hacer lo
que quiero hacer. Siempre había algo que se interpo-
nía en el camino hacia mí mismo.

Debería hacer un gigantesco esfuerzo y cortarme
las uñas de los pies esta noche. Sí, ya sé que hay gente
muriéndose de cáncer, que hay gente durmiendo en la
calle en cajas de cartón, y yo estoy aquí parloteando
sobre cortarme las uñas de los pies. Aun así, es probable que esté más cerca de la realidad que el tarugo que
ve 162 partidos de béisbol al año. Yo ya he estado en
mi infierno, sigo estando en mi infierno, así que no os
sintáis superiores. El hecho de que esté vivo a los 71
años de edad, y parloteando de las uñas de mis pies, es
suficiente milagro para mí.

He estado leyendo a los filósofos. Son realmente
tipos extraños, divertidos y alocados, jugadores. Des-
cartes llegó y dijo: estos tipos nos han estado largando
pura mierda. Dijo que las matemáticas eran el modelo

de la verdad absoluta y autoevidente. El *mecanismo*. Luego llegó Hume, con su ataque contra la validez del conocimiento causal científico. Y luego, Kierkegaard: «Introduzco el dedo en la existencia; no huele a nada. ¿Dónde estoy?» Y luego llega Sartre, que afirmaba que la existencia era absurda. Adoro a estos tipos. Sacuden el mundo. ¿No les entrarían dolores de cabeza, pensando así? ¿No les rugía una avalancha negra entre los dientes? Cuando agarras a estos tipos y los pones junto a los hombres que veo caminar por la calle, o comer en los cafés, o aparecer en la pantalla del televisor, la diferencia es tan grande que algo se retuerce dentro de mí, me da una patada en las tripas.

Probablemente no me corte las uñas de los pies esta noche. No estoy loco pero tampoco estoy cuerdo. Bueno, no; puede que esté loco. De todas formas, hoy, cuando amanezca y lleguen las 2 de la tarde, estaré en la primera carrera del último día de carreras en Del Mar. He apostado todos los días, en todas las carreras. Creo que ahora voy a irme a dormir, con mis uñas como cuchillas arañando las benditas sábanas. Buenas noches.

No ha habido caballos hoy. Me siento extrañamente normal. Sé por qué Hemingway necesitaba las corridas de toros, le servían para enmarcar el cuadro, le recordaban dónde estaba y lo que era. A veces nos olvidamos, mientras pagamos los recibos del gas, cambiamos el aceite, etc. La mayoría de la gente no está preparada para la muerte, ni la suya ni la de nadie. Les sobresalta, les aterra. Es como una gran sorpresa. Demonios, no debería serlo. Yo llevo a la muerte en el bolsillo izquierdo. A veces la saco y hablo con ella: «Hola, nena, ¿qué tal? ¿Cuándo vienes por mí? Estaré preparado.»

No hay que lamentarse por la muerte, como no hay que lamentarse por una flor que crece. Lo terrible no es la muerte, sino las vidas que la gente vive o no vive hasta su muerte. No hacen honor a sus vidas, les mean encima. Las cagan. Estúpidos gilipollas. Se concentran demasiado en follar, ir al cine, el dinero, la familia, follar. Sus mentes están llenas de algodón. Se tragan a Dios sin pensar, se tragan la patria sin pensar. Muy pronto se olvidan de cómo pensar, dejan que otros piensen por ellos. Sus cerebros están rellenos de algodón. Son feos, hablan feo, caminan feo. Ponles la gran música de los siglos y no la oyen. La muerte de la mayoría de la gente es una farsa. No queda nada que pueda morir.

Veréis: necesito los caballos. O pierdo mi sentido del humor. Una cosa que la muerte no soporta es que te rías de ella. La risa verdadera deja fuera de combate las peores expectativas. No me río desde hace 3 o 4 semanas. Algo me está comiendo vivo. Me rasco, me retuerzo, miro a mi alrededor, intentando encontrarlo. El Cazador es listo. No lo ves. O no la ves.

Tengo que llevar el ordenador al taller. No os deleitaré con los detalles. Algún día sabré más de ordenadores que los propios ordenadores. Pero ahora mismo esta máquina me tiene agarrado por los huevos.

Conozco a dos editores que están muy ofendidos por la existencia de los ordenadores. Tengo dos cartas suyas, y despotrican contra el ordenador. Me sorprendió mucho la amargura de sus cartas. Y el infantilismo. Soy consciente de que el ordenador no puede escribir por mí. Si pudiera, no lo querría. Pero estos dos tipos se enrollaban demasiado. Insinuaban que el ordenador no era bueno para el espíritu. Bueno, muy pocas cosas lo son. Pero yo estoy a favor de la comodidad; si puedo escribir el doble y la calidad es la misma, entonces prefiero el ordenador. Cuando escribo vuelo, enciendo fuegos. Cuando escribo saco a la muerte de mi bolsillo izquierdo, la lanzo contra la pared y la agarro cuando rebota.

Estos tíos piensan que tienes que pasarte la vida en la cruz, y sangrando, para tener alma. Te quieren medio loco, babeándote la camisa. Yo ya me he cansado de la cruz, tengo el depósito hasta arriba. Si puedo seguir bajado de la cruz, me queda combustible de sobra para continuar. Demasiado combustible. Que se suban ellos a la cruz, les daré mi enhorabuena. Pero el dolor no crea la escritura; la crea un escritor.

En cualquier caso, a llevar esto al taller, y cuando esos dos editores vean mi obra escrita a máquina otra vez, pensarán: «Ah, Bukowski ha recuperado el alma. Esto se lee mucho mejor.»

Ah, bueno, ¿qué sería de nosotros sin nuestros editores? O mejor aún, ¿qué sería de ellos sin nosotros?

El hipódromo está cerrado. No hay apuestas entre hipódromos con Pomona, y que me cuelguen si voy a asarme en el coche para ir hasta allí. Probablemente acabe en las carreras de noche de Los Alamitos. Me han traído el ordenador del taller, pero ya no me corrige la ortografía. He estado hurgando en esta máquina, intentando resolver el problema. Seguramente tendré que llamar al taller, preguntarle al tipo: «¿Qué hago ahora?» Y él me dirá algo así como: «Tienes que transferirlo del disco principal al disco duro.» Probablemente, acabaré borrándolo todo. La máquina de escribir descansa a mis espaldas y me dice: «Mira, yo sigo aquí.»

Hay noches en las que este cuarto es el único sitio en el que quiero estar. Y, sin embargo, subo aquí y me siento como una cáscara vacía. Sé que podría armar una buena y hacer que bailaran las palabras en esta pantalla si me emborrachara, pero tengo que recoger a la hermana de Linda en el aeropuerto mañana por la tarde. Viene a hacernos una visita. Se ha cambiado el nombre, de Robin a Jharra. Cuando las mujeres se van haciendo mayores, se cambian de nombre. Quiero decir que muchas lo hacen. ¿Y si lo hiciera un hombre? Imaginaos que llamase a alguien:

19

—Oye, Mike, soy Tulip.

—¿Quién?

—Tulip. Anteriormente Charles, pero ahora Tulip. No responderé más a Charles.

—Que te follen, Tulip.

Mike cuelga...

Hacerse viejo es muy extraño. Lo principal es que te lo tienes que estar repitiendo: soy viejo, soy viejo. Te ves en el espejo mientras bajas por las escaleras mecánicas, pero no miras directamente al espejo, echas una miradita de lado, con una sonrisa de precaución. No tienes tan mal aspecto; pareces una vela polvorienta. Qué se le va a hacer, que les den por el culo a los dioses, que le den por el culo a todo este juego. Tendrías que haberte muerto hace 35 años. Esto es un poco de paisaje extra, más ojeadas al espectáculo de los horrores. Cuanto más viejo es un escritor, mejor debería escribir; ha visto más, sufrido más, perdido más, está más cerca de la muerte. Esta última es la mayor ventaja. Y siempre está la siguiente página, ese folio en blanco, de 21 × 29,7. La apuesta sigue en pie. Luego siempre recuerdas algo que ha dicho alguno de los muchachos. Jeffers: «Muéstrale al sol tu ira.» Una maravilla. O Sartre: «El infierno son los demás.» Dio en el blanco, y lo atravesó. Nunca estoy solo. Lo mejor es estar solo pero no del todo.

A mi derecha, la radio se esfuerza por traerme más música clásica de la grande. Escucho 3 o 4 horas de esta música todas las noches, mientras hago otras cosas, o mientras no hago nada. Es mi droga, me limpia completamente de toda la porquería del día. Los compositores clásicos hacen eso por mí. Los poetas, los novelistas, los cuentistas, no lo consiguen. Una pandilla de farsantes. La escritura tiene algo que atrae a los farsantes. ¿Qué será? Los escritores son los más difíciles de soportar, en la página o en persona. Y son peores en persona que en la página, y eso es bien malo. ¿Por qué decimos «bien malo»? ¿Por qué no «mal malo»? Bueno, los escritores son bien malos y mal malos. Y nos encanta maldecirnos unos a otros. Miradme a mí.

En cuanto a la escritura, básicamente sigo escribiendo de la misma manera que hace 50 años; puede que un poco mejor, pero no mucho. ¿Por qué tuve que cumplir los 51 antes de poder pagar el alquiler con lo que escribía? Quiero decir, si no estoy equivocado y mi escritura no ha cambiado, ¿por qué tardé tanto? ¿Tuve que esperar a que el mundo me alcanzara? Y ahora, si me ha alcanzado, ¿dónde estoy? Estoy jodido, eso ya lo sé. Pero no creo que se me haya subido a la cabeza la poca o mucha suerte que he tenido. ¿Se da cuenta uno, cuando se le suben las cosas a la cabeza? De todos modos, no he caído en la complacencia. Hay algo dentro de mí que no puedo controlar. Nunca puedo cruzar un puente con el coche sin pensar en el suicidio. Nunca puedo contemplar un lago o un océano sin pensar en el suicidio. Bueno, tampoco le doy demasiadas vueltas. Pero se me aparece de repente en la cabeza: SUICIDIO. Como una luz que se enciende. En la oscuridad. El hecho de que exista una salida te ayuda a quedarte dentro. ¿Me explico? De lo contrario, no quedaría más que la locura.

No sé lo que le pasará a otra gente,
pero yo, cuando me agacho para
ponerme los zapatos por la
mañana, pienso: «Ah, Dios mío, ¿y
ahora qué?»

R. CRUMB '95

Y eso no tiene gracia, amigo. Y terminar un buen poema es otra muleta que me ayuda a seguir adelante. No sé lo que le pasará a otra gente, pero yo, cuando me agacho para ponerme los zapatos por la mañana, pienso: «Ah, Dios mío, ¿y ahora qué?» Estoy jodido por la vida, no nos entendemos. Tengo que darle bocados pequeños, no engullirla toda. Es como tragar cubos de mierda. Nunca me sorprende que los manicomios y las cárceles estén llenos, y que las calles estén llenas. Me gusta mirar a mis gatos, me relajan. Me hacen sentirme bien. Pero no me metáis en una sala llena de humanos. No me hagáis eso jamás. Sobre todo en un día de fiesta. No lo hagáis.

Me enteré de que encontraron a mi primera mujer muerta en la India, y que nadie de su familia quiso hacerse cargo del cadáver. Pobre chica. Tenía un defecto en el cuello, no podía girarlo. Aparte de eso, era perfectamente hermosa. Se divorció de mí, e hizo bien. Yo no era lo bastante bueno ni lo bastante grande como para poder salvarla.

Fuimos a un estreno anoche. Alfombra roja. Flashes.
Una fiesta, después. Dos fiestas, después. No me enteré de mucho. Demasiada gente. Demasiado calor. En
la primera fiesta me arrinconó en la barra un tipo joven con los ojos muy redondos, que no pestañeaba
nunca. No sé de qué iría. O de qué no iría. Hay bastante gente así por ahí. El tipo tenía 3 señoritas de bastante buen ver con él, y no paraba de contarme lo mucho que les gustaba hacer mamadas. Las señoritas se
limitaban a sonreír y a decir: «¡Sí, sí!» Y así siguió
toda la conversación. Siguió y siguió, siempre con lo
mismo. Y yo intentando decidir si aquello era verdad
o si me estaban tomando el pelo. Aunque después de
un rato ya me cansé. Pero el tipo joven seguía agobián-
dome, contándome cómo les gustaba hacer mamadas
a las chicas. La cara del tipo se me acercaba cada vez
más, y el tío no paraba. Al final lo agarré por la camisa, con fuerza, y lo sujeté así y le dije: «Oye, no quedaría bien que un tipo de 71 años te diera una paliza
delante de toda esta gente, ¿verdad?» Luego lo solté.
Se alejó por el otro extremo de la barra, seguido de
sus señoritas. Que me cuelguen si entendí algo.
   Supongo que estoy demasiado acostumbrado a sentarme en una pequeña habitación y hacer que las pa-

«OYE, NO QUEDARÍA BIEN QUE UN TIPO DE
71 AÑOS TE DIERA UNA PALIZA DELANTE DE
TODA ESTA GENTE,
¿VERDAD?»

labras hagan cosas. Veo suficiente humanidad en los hipódromos, los supermercados, las gasolineras, las autopistas, los cafés, etc. Eso es inevitable. Pero siempre tengo ganas de darme una patada en el culo cuando voy a reuniones sociales, aunque las copas sean gratis. Nunca me sirve para nada. Ya tengo bastante arcilla con la que jugar. La gente me vacía. Tengo que alejarme para volver a llenarme. Lo mejor para mí soy yo mismo; quedarme aquí encorvado, fumando un cigarro y viendo cómo aparecen las palabras en esta pantalla. Es raro conocer a una persona inusual o interesante. Es más que mortificante; es un puto espanto constante. Me está convirtiendo en un gruñón. Cualquiera puede ser un gruñón y la mayoría lo son. ¡Socorro!

Lo único que necesito es una buena noche de descanso. Pero hay otra cosa, y es que nunca tengo un maldito libro que leer. Cuando has leído una cierta cantidad de literatura decente, simplemente no hay más. Tenemos que escribirla nosotros mismos. No queda jugo en el aire. Pero siempre espero despertarme por la mañana. Y la mañana en que no lo haga, muy bien. Ya no necesitaré mosquiteras, cuchillas de afeitar, formularios de carreras ni contestadores. La mayoría de las llamadas son para mi mujer, en cualquier caso. Las Campanas no Doblan por Mí.

Dormir, dormir. Yo duermo bocabajo. Una vieja costumbre. He vivido con demasiadas mujeres desquiciadas. Hay que protegerse las partes. Una pena que ese tipo joven no se me enfrentara. Tenía ganas de liarme a hostias. Me hubiera alegrado inmensamente. Buenas noches.

Una noche estúpida y calurosa, los gatos están pasándolo mal, atrapados bajo todo ese pelo, me miran y yo no puedo hacer nada. Linda se ha marchado a hacer un par de recados. Necesita hacer cosas, hablar con gente. A mí me parece bien, aunque suele beber y luego tiene que volver a casa en coche. Yo no soy buena compañía; hablar no me sirve para nada. No quiero intercambiar ideas, ni almas. Soy un bloque de piedra que se basta a sí mismo. Quiero quedarme dentro de ese bloque, sin que nadie me moleste. Soy así desde siempre. Me resistí a mis padres, luego me resistí al colegio, luego me resistí a convertirme en un ciudadano respetable. Es como si lo que era estuviera allí desde el principio. No quería que nadie anduviera enredando con ello. Y sigo así.

La gente que apunta cosas en libretas y anota sus pensamientos me parece gilipollas. Yo sólo estoy haciendo esto porque alguien sugirió que lo hiciera, así que ya veis: ni siquiera soy un gilipollas original. Pero de alguna manera esto facilita las cosas. Dejo que fluya. Como una cagada caliente rodando por una cuesta.

No sé qué hacer con respecto al hipódromo. Me parece que está perdiendo el interés para mí. Hoy estaba en Hollywood Park, apuestas entre hipódromos, 13 carreras de Fairplex Park. Después de la 7.ª carrera iba ganando 72 dólares. ¿Y qué? ¿Me quitará esos pelos blancos de las cejas? ¿Me convertirá en un cantante de ópera? ¿Qué es lo que quiero? Estoy ganándole la partida a un juego difícil, estoy venciendo esa comisión del 18 por ciento. Eso lo hago bastante. De modo que no debe de ser tan difícil. ¿Qué es lo que quiero? Realmente no me importa que exista o no exista Dios. No me interesa. Así que ¿qué demonios me pasa con ese 18 por ciento?

Miro a un lado y veo al mismo tipo, hablando. Se para en el mismo sitio todos los días, a hablar con una u otra persona, o con un par de personas. Lleva el formulario en la mano y habla sobre los caballos. ¡Qué pesadez! ¿Qué hago aquí?

Me marcho. Bajo al aparcamiento, me meto en el coche y salgo de allí. Sólo son las cuatro de la tarde. Qué bien. Avanzo en el coche. Otros avanzan en sus coches. Somos caracoles arrastrándonos por una hoja.

Llego a casa, aparco en la entrada, me bajo del coche. Hay un mensaje de Linda pegado al teléfono. Recojo el correo. Recibo del gas. Y un sobre grande lleno de poemas. Todos impresos en hojas de papel separadas. Mujeres hablando de sus reglas, de sus tetas y pechos y de cómo se dejan follar. Totalmente anodino. Lo tiro todo a la basura.

Luego me doy un chapuzón. Me siento mejor. Me quito la ropa y me meto en la piscina. Agua helada. Pero una maravilla. Camino hasta el extremo profundo de la piscina, y el agua sube centímetro a centímetro, refrescándome. Luego me sumerjo bajo el agua. Es relajante. El mundo no sabe dónde estoy. Subo a la superficie, nado hasta el fondo de la piscina, encuentro el borde, me siento allí. Deben de andar por la 9.ª o la 10.ª carrera. Los caballos siguen corriendo. Me sumerjo una vez más en el agua, consciente de mi estúpida blancura, de mi edad, que se me cuelga como una sanguijuela. En cualquier caso, está bien. Tendría que haber muerto hace 40 años. Subo a la superficie, nado hasta el otro extremo de la piscina, y salgo del agua.

Eso fue hace mucho tiempo. Ahora estoy aquí arriba, con el Macintosh IIsi. Y esto es más o menos todo, de momento. Creo que me voy a ir a dormir. A descansar para las carreras de mañana.

Hoy me han llegado las pruebas del nuevo libro. Poesía. Martin dice que serán unas 350 páginas. Creo que los poemas se tienen en pie. Se defienden. Soy un viejo tren de vapor, bajando por la vía.

Me ha llevado un par de horas leer las pruebas. Ya tengo algo de práctica con este tipo de cosas. Las líneas fluyen libremente y dicen más o menos lo que quiero que digan. Ahora mi principal influencia soy yo mismo.

A medida que vamos viviendo vamos siendo atrapados y desgarrados por diversas trampas. Nadie escapa de ellas. Algunos incluso viven con ellas. La idea es darse cuenta de que una trampa es una trampa. Si estás en una y no te das cuenta, estás acabado. Yo creo que he reconocido la mayoría de mis trampas, y he escrito sobre ellas. Por supuesto, no toda la escritura consiste en escribir sobre trampas. Hay otras cosas. No obstante, algunos dirían que la vida es una trampa. Escribir te puede atrapar. Algunos escritores tienden a escribir lo que ha complacido a sus lectores en el pasado. Entonces están acabados. La vida creativa de la mayoría de los escritores es corta. Oyen los aplausos y se los creen. Sólo existe un juez definitivo de la escritura, y es el escritor. Cuando se deja llevar por los críticos, los directores editoriales, los editores, los lectores, está acabado. Y, por supuesto, cuando se deja llevar por su fama y su fortuna, lo puedes tirar al río con la demás mierda.

Cada nueva línea es un comienzo y no tiene nada que ver con ninguna de las líneas que la han precedido. Todos empezamos desde cero cada día. Y, por supuesto, no tiene nada de sagrado. El mundo puede vivir mucho mejor sin escritura que sin fontanería. Y en algunos lugares del mundo hay muy poco de ambas cosas. Claro que yo preferiría vivir sin fontanería, pero yo estoy enfermo.

Nada impedirá a un hombre escribir a menos que ese hombre se lo impida a sí mismo. Si un hombre desea verdaderamente escribir, lo hará. El rechazo y el ridículo no harán más que fortalecerle. Y cuanto más tiempo se le reprima, más fuerte se hará, como una masa de agua que se acumula contra una presa. No hay derrota posible en la escritura; hará que rían los dedos de tus pies mientras duermes; te hará dar zancadas de tigre; te encenderá los ojos y te pondrá cara a cara con la Muerte. Morirás como un luchador, serás honrado en el infierno. La suerte de la palabra. Ve con ella, envíala. Sé el Payaso en la Oscuridad. Es divertido. Es divertido. Otra línea más...

34

Un título para el libro nuevo. Estuve sentado en el hipódromo intentando pensar en uno. Ése es un sitio donde uno no puede pensar. Te chupa el cerebro y el espíritu. Una mamada que te deja seco; eso es ese sitio. Y no duermo por las noches. Algo me está chupando la energía.

Vi al solitario hoy en el hipódromo. «¿Cómo te va, Charles?» «Bien», le dije, y me alejé de allí. Quiere camaradería. Quiere hablar de cosas. Caballos. No se habla de caballos. Eso es lo ÚLTIMO de lo que se habla. Pasaron unas cuantas carreras y de repente lo sorprendí mirándome por encima de una máquina automática de apuestas. Pobre tipo. Salí fuera y me senté y un poli empezó a hablar conmigo. Bueno, los llaman guardias de seguridad.

—Van a mover el totalizador —me dijo.

—Sí —dije.

Habían desenterrado el totalizador del suelo y lo estaban moviendo más hacia el oeste. Bueno, eso daba trabajo a los hombres. Me gustaba ver a aquellos hombres trabajar. Me dio la sensación de que el guardia de seguridad hablaba conmigo para averiguar si yo estaba loco o no. Es probable que no fuera así. Pero a mí se me ocurrió esa idea. Dejo que las ideas me asalten de esa manera. Me rasqué la barriga y me hice el viejo bonachón.

—Van a volver a poner estanques —dije.

—Sí —dijo.

—A esto lo llamaban antes el Hipódromo de los Estanques y las Flores.

—¿De verdad? —dijo.

—Sí —le dije—. Había un concurso que se llamaba Miss Ganso. Elegían a una chica, y la chica salía en un bote y remaba entre los gansos. Un trabajo muy aburrido.

—Sí —dijo el poli. Se quedó allí de pie. Yo me levanté.

—Bueno —dije—, voy a tomarme un café. Cuídate.

—Lo haré —dijo—. Y usted escoja ganadores.

—Y tú, tío —le dije. Y me marché.

Un título. Tenía la mente en blanco. Me estaba entrando frío. Como soy un viejo chocho, pensé que sería mejor ir por la chaqueta. Bajé desde el tercer piso por las escaleras mecánicas. ¿Quién inventó las escaleras mecánicas? Escalones que se mueven. Y luego hablamos de locuras. La gente sube y baja por escaleras mecánicas, en ascensores, conduce coches, tiene garajes con puertas que se abren tocando un botón. Luego van al gimnasio a quitarse la grasa. Dentro de 4.000 años no tendremos piernas, nos menearemos hacia delante usando el culo, o quizá simplemente rodemos como rastrojos que lleva el viento. Cada especie se destruye a sí misma. Lo que mató a los dinosaurios fue que se comieron todo lo que había a su alrededor y luego tuvieron que comerse los unos a los otros, y al final sólo quedó uno, y ese hijo de puta se murió de hambre.

Bajé al coche, saqué la chaqueta, me la puse, y volví a subir por las escaleras mecánicas. Eso me hizo sentirme todavía más como un *playboy*, como un buscavidas; salir de allí y luego volver. Me sentía como si acabara de consultar alguna fuente secreta especial.

Bueno, aposté en las carreras que me quedaban, y tuve un poco de suerte. Cuando llegó la 13.ª carrera era de noche y había empezado a llover. Hice mi apuesta con diez minutos de antelación y me marché. El tráfico rodaba con precaución. La lluvia aterroriza a los conductores de Los Ángeles. Cogí la autopista y me coloqué detrás de una masa de luces rojas. No encendí la radio. Quería silencio. Se me pasó por la cabeza un título: *La Biblia de los desencantados*. No, no valía. Recordé algunos de los mejores títulos. De otros escritores, quiero decir. *Bow Down to Wood and Stone.*[1] Gran título, mala escritora. *Memorias del subsuelo*. Gran título. Gran escritor. Y también, *El corazón es un cazador solitario*. Carson McCullers, una escritora muy infravalorada. De todas mis docenas de títulos, el que más me gustaba era *Confesiones de un hombre lo bastante loco como para vivir con bestias*. Pero ése lo usé para un pequeño pliego ciclostilado. Una pena.

El tráfico de la autopista se detuvo y me quedé allí sentado. Sin título. Tenía la cabeza vacía. Me apetecía dormir durante una semana. Me alegré de haber sacado los cubos de la basura. Estaba cansado. Ya no ten-

1. «Inclínate ante la madera y la piedra», de Josephine Lawrence, aparecido en Boston en 1938. *(N. del T.)*

dría que hacerlo. Sacar los cubos de la basura. Una noche había dormido, borracho, encima de unos cubos de la basura. En Nueva York. Me despertó una rata grande, sentada en mi barriga. Los dos, al mismo tiempo, pegamos un salto de un metro en el aire. Yo estaba intentando ser escritor. Ahora se suponía que lo era, y no se me ocurría un título. Era un farsante. El tráfico empezó a moverse y me fui moviendo con él. Nadie sabía quién era nadie, y era estupendo. Luego estalló un enorme relámpago por encima de la autopista, y por primera vez ese día me sentí bastante bien.

Bueno, después de unos cuantos días con el cerebro
en blanco, me he despertado esta mañana y allí estaba
el título, me había llegado en sueños: *Los poemas de la
última noche de la Tierra*. Se ajustaba al contenido;
poemas que hablaban de la finitud, la enfermedad y la
muerte. Mezclados con otros, por supuesto. Incluso
algo de humor. Pero el título funciona para este libro
y para este momento. Una vez que tienes un título,
todo ocupa su sitio, los poemas encuentran su orden.
Y el título me gusta. Si yo viera un libro con un título
como ése lo abriría e intentaría leer unas cuantas páginas. Hay títulos que exageran para atraer la atención.
No funcionan porque el engaño no funciona.

Bueno, eso ya está despachado. ¿Y ahora qué?
Otra vez con la novela, y más poemas. ¿Qué pasó con
el relato corto? Me ha abandonado. Hay un motivo
pero no sé cuál es. Si me esforzara podría encontrar el
motivo, pero esforzarme no serviría de nada. Quiero
decir que ese tiempo lo puedo usar para la novela o los
poemas. O para cortarme las uñas de los pies.

Sabéis, alguien debería inventar un cortaúñas decente para las uñas de los pies. Estoy seguro de que se
puede hacer. Los que nos ofrecen hasta ahora son realmente incómodos y descorazonadores. Leí en un sitio

que un tipo, un vagabundo, intentó asaltar una tienda de bebidas con un cortaúñas. Tampoco a él le funcionó. ¿Cómo se cortaba las uñas de los pies Dostoievski? ¿Van Gogh? ¿Beethoven? ¿Se cortaban las uñas de los pies? No lo creo. Yo le solía pedir a Linda que me las cortara. Lo hacía de maravilla; sólo me pillaba la carne de vez en cuando. Por lo que a mí respecta, ya he soportado bastante dolor. Del tipo que sea.

Sé que voy a morirme pronto, y es algo que me parece muy extraño. Soy egoísta, me gustaría seguir con el culo aquí, escribiendo palabras. Me enciende, me lanza por el aire dorado. Pero, la verdad, ¿durante cuánto tiempo podré seguir? No está bien seguir así para siempre. ¡Qué demonios!, la muerte es la gasolina que alimenta el depósito, en cualquier caso. La necesitamos. Yo la necesito. Vosotros la necesitáis. Llenamos esto de basura si nos quedamos demasiado tiempo.

Lo más extraño, para mí, es mirar los zapatos de la gente después de que se muere. Es la cosa más triste que hay. Es como si la mayor parte de su personalidad permaneciera en los zapatos. En la ropa no. Está en los zapatos. O en un sombrero. O en unos guantes. Coges a una persona que se acaba de morir. Pones su sombrero, sus guantes y sus zapatos en la cama, y los miras, y te puedes volver loco. No lo hagáis. De todos modos, ellos ahora saben algo que tú no sabes. Tal vez.

Hoy ha sido el último día de carreras. He apostado en las apuestas entre hipódromos, en Hollywood

Park, por Fairplex Park. He apostado en las 13 carreras. He tenido un día de suerte. Salí totalmente refrescado y reforzado. Ni siquiera me he aburrido allí hoy. Me sentía lleno de energía, conectado. Cuando estás arriba, es cojonudo. Te das cuenta de cosas. Volviendo en el coche, por ejemplo, te fijas en el volante. El salpicadero. Te da la sensación de que estás en una maldita nave espacial. Zigzagueas entre el tráfico, con pericia, no con zafiedad; calibrando las distancias y las velocidades. Tonterías. Pero hoy no. Estás arriba y sigues arriba. Qué extraño. Pero no intentas resistirte. Porque sabes que no va a durar. Mañana no hay carreras. Las de Oaktree son el 2 de octubre. Las carreras se suceden sin parar, corren miles de caballos. Es algo tan ponderado como las mareas, y parte de ellas.

Hasta sorprendí al coche de la poli, siguiéndome por la Harbor Freeway en dirección sur. A tiempo. Reduje a 95. De repente, el poli se me descolgó. Me mantuve a 95. Casi me había sorprendido a 120. Odian los Acuras. Me mantuve a 95. Durante 5 minutos. El poli me adelantó a 140. Adiós, amigo. Odio las multas, como todo el mundo. Tienes que usar continuamente el espejo retrovisor. Es sencillo. Pero al final te acaban pillando. Y cuando lo hagan, ya puedes alegrarte de no estar borracho o colocado. Si es que no lo estás. En cualquier caso, ya tengo el título.

Y ahora estoy aquí arriba con el Macintosh, y tengo este maravilloso espacio delante de mí. Suena una música terrible en la radio, pero no se puede esperar un 100 % todos los días. Si consigues un 51, has ganado. Hoy ha sido un 97.

Veo que Mailer ha escrito otra enorme novela sobre la CIA y etc. Norman es un escritor profesional. Una vez le preguntó a mi mujer: «A Hank no le gusta lo que escribo, ¿verdad?» Norman, a pocos escritores les gustan las obras de otros escritores. Sólo les gustan cuando están muertos, o si llevan mucho tiempo muertos. A los escritores sólo les gusta olisquear sus propios zurullos. Yo soy uno de ésos. A mí ni siquiera me gusta hablar con escritores, mirarles, o —peor todavía— escucharles. Y lo peor es beber con ellos; se baben de arriba abajo, son realmente patéticos, parece que anden buscando el ala protectora de su madre.

Prefiero pensar en la muerte que en escritores. Mucho más agradable.

Voy a apagar la radio. Los compositores a veces también la cagan. Si tuviera que hablar con alguien creo que preferiría, con mucho, a un técnico de ordenadores o al director de una funeraria. Bebiendo o sin beber. A poder ser, bebiendo.

La muerte les llega a los que esperan y a los que no. Un día hirviente hoy, un día hirviente y estúpido. Salí de Correos y el coche no me arrancaba. Bueno, yo soy un buen ciudadano. Pertenezco a una asociación de ayuda en carretera. De modo que necesitaba un teléfono. Hace cuarenta años había teléfonos en todas partes. Teléfonos y relojes. Siempre podías mirar a algún sitio y ver la hora que era. Eso se acabó. Ya no te dan la hora gratis. Y los teléfonos públicos están desapareciendo.

Seguí mis instintos. Entré en Correos, bajé por las escaleras y allí, en un rincón oscuro, solitario y sin anunciar, había un teléfono. Un pegajoso y sucio y oscuro teléfono. No había otro en tres kilómetros a la redonda. Sabía cómo manejar un teléfono. Tal vez. Información. Oí la voz de la operadora y me sentí a salvo. Era una voz tranquila y aburrida, que me preguntó qué ciudad quería. Le di el nombre de la ciudad y de la asociación de ayuda en carretera. (Tienes que saber cómo hacer todas estas pequeñas cosas, y tienes que hacerlas una y otra vez, o estás muerto. Muerto en la calle. Ni atendido ni deseado.) La señorita me dio un número, pero era el número equivocado. Era el del

43

departamento comercial. Luego me pusieron con el taller. Una voz viril, relajada, cansada pero combativa. Estupendo. Le di la información. «30 minutos», me dijo.

Volví al coche, abrí una carta. Era un poema. Dios. Hablaba de mí. Y de él. Nos habíamos cruzado, al parecer, un par de veces, hacía unos 15 años. Él me había publicado también en su revista. Yo era un gran poeta, decía, pero bebía. Y había vivido una vida miserable y arrastrada. Ahora los poetas jóvenes bebían y vivían vidas miserables y arrastradas, porque creían que así era como se hacía. Además, yo había atacado a otras personas en mis poemas, incluyéndole a él. Y me había imaginado que él había escrito poemas nada halagadores sobre mí. No era cierto. Él era en realidad una buena persona; decía que había publicado a muchos otros poetas en su revista durante 15 años. Y yo no era una buena persona. Yo era un gran escritor pero no era una buena persona. Y él nunca hubiera sido «colega» mío. Eso es lo que decía: «colega». Y cometía continuas faltas de ortografía. La ortografía no era su fuerte.

Hacía calor en el coche. Estábamos a 38 grados, el primero de octubre más caluroso desde 1906.

No iba a contestar a aquella carta. El tipo me volvería a escribir.

Otra carta de un agente, adjuntándome el original de un escritor. Le eché un vistazo. Muy malo. Por supuesto. «Si tiene alguna sugerencia sobre el manuscrito, o algún contacto editorial, le agradeceríamos mucho...»

Otra carta de una mujer que me daba las gracias por enviarle cuatro líneas a su marido, y un dibujo, a petición de ella, que le había hecho muy feliz. Pero ahora estaban divorciados, y ella trabajaba por su cuenta, y que si podía venir a hacerme una entrevista.

Recibo solicitudes de entrevistas dos veces a la semana. Pero sencillamente no hay demasiado de que hablar. Hay muchas cosas de las que escribir, pero no de las que hablar.

Recuerdo una vez, en los viejos tiempos, que me estaba entrevistando un periodista alemán. Yo lo había llenado de vino hasta arriba, y le había hablado durante 4 horas. Cuando terminamos, se inclinó ebriamente hacia mí y me dijo: «No soy entrevistador. Sólo quería una excusa para verle...».

Eché el correo a un lado y me quedé allí sentado, esperando. Luego vi la grúa. Un tipo joven, sonriente. Un chaval simpático. Claro.

—¡EH, TÍO! —le grité—. ¡ES AQUÍ!

Entró haciendo marcha atrás con la grúa y me bajé del coche y le expliqué el problema.

—Remólcame hasta el taller de Acura —le dije.

—¿Sigue su coche en garantía? —me preguntó.

Sabía de sobra que no. Estábamos en 1991, y era un modelo de 1989.

—No importa —dije—. Remólcame hasta el concesionario de Acura.

—Tardarán bastante en arreglarlo, puede que una semana.

—Qué va. Son muy rápidos.

—Oiga, mire —dijo el chico—, tenemos nuestro propio taller. Podemos llevar el coche hasta allí, y a lo mejor arreglarlo hoy mismo. Si no, le tomamos nota y le llamamos lo antes posible.

Ya estaba viendo mi coche metido una semana en el taller. Para que luego me dijeran que había que cambiar la transmisión. O la junta de culata.

—Remólcame hasta el taller de Acura —dije.

—Espere —dijo el chico—. Primero tengo que llamar a mi jefe.

Esperé. El chico regresó.

—Me ha dicho que le dé batería.

—¿Qué?

—Que le dé batería.

—Bueno, muy bien. Vamos allá.

Me metí en el coche y lo dejé rodar hasta la parte de atrás de la grúa. El chico conectó los cables y el coche arrancó a la primera. Le firmé los papeles y se marchó y luego me marché yo...

Luego decidí dejar el coche en el taller de la esquina.

—A usted le conocemos. Viene aquí desde hace años —me dijo el encargado.

—Muy bien —le dije, y sonreí—. Así que no me den el palo.

El encargado se limitó a mirarme.

—Dénos 45 minutos.

—De acuerdo.

—¿Quiere que le llevemos a algún sitio?

—Sí, gracias.

El encargado señaló con el dedo.

—Él le llevará.

Un chico simpático, allí de pie. Fuimos hasta su

46

coche. Le expliqué por dónde tenía que ir. Nos pusimos en marcha y subimos la cuesta.

—¿Sigue haciendo películas? —me preguntó el chico.

Yo, como veis, era una celebridad.

—No —dije—. Que le den por el culo a Hollywood.

Eso no lo entendió.

—Para aquí —dije.

—Vaya, qué casa más grande.

—Es sólo donde trabajo —dije.

Era verdad.

Me bajé del coche. Le di 2 dólares al chico. Protestó, pero me los aceptó.

Subí por el callejón de entrada de mi casa. Los gatos estaban tirados por el suelo, ajenos a todo. En mi próxima vida quiero ser gato. Dormir 20 horas al día y esperar a que me den de comer. Estar tirado todo el día, lamiéndome el culo. Los humanos son demasiado miserables e iracundos y monotemáticos.

Subí arriba y me senté delante del ordenador. Es mi nuevo consolador. Mi escritura se ha duplicado en potencia y rendimiento desde que lo tengo. Es una cosa mágica. Me siento delante de él como la mayoría de la gente se sienta delante del televisor.

«No es más que una máquina de escribir glorificada», me dijo una vez mi yerno.

Pero él no es escritor. No sabe lo que es que las palabras le hinquen el diente al espacio, y se enciendan; que los pensamientos que te pasan por la cabeza se puedan convertir inmediatamente en palabras, que a su vez desencadenan más pensamientos, seguidos de

47

más palabras. Con una máquina de escribir es como andar atravesando fango. Con un ordenador, es como patinar sobre hielo. Es un estallido de fuego. Claro que si no tienes nada dentro, da igual. Y luego está el trabajo de limpieza, las correcciones. Qué demonios, yo antes tenía que escribirlo todo dos veces. La primera vez para ponerlo en el papel, y la segunda para corregir los errores y las meteduras de pata. Pero de esta manera se convierte en una sola carrera, llena de diversión, de gloria y de escapatoria.

Me pregunto cuál será el siguiente paso después del ordenador. Probablemente nos limitaremos a ponernos los dedos en las sienes y saldrá una masa perfecta de palabras. Por supuesto, habrá que llenar el depósito antes de arrancar, pero siempre habrá unos cuantos afortunados que lo puedan hacer. O eso esperamos.

Sonó el teléfono.

—Es la batería —me dijo el del taller—. Necesitaba una batería nueva.

—¿Y si no le puedo pagar?

—Entonces nos quedaremos con su rueda de repuesto.

—Voy para allá enseguida.

Cuando salía de casa oí la voz de mi anciano vecino. Me estaba gritando. Subí al porche de su casa. Llevaba los pantalones del pijama y una vieja camiseta gris. Me acerqué a él y le estreché la mano.

—¿Quién es usted? —me preguntó.

—Soy su vecino. Llevo diez años aquí.

—Yo tengo 96 —dijo.

—Ya lo sé, Charley.

—Dios no me lleva con él porque tiene miedo de que le quite el empleo.

—Podría hacerlo.

—Y podría quitarle el empleo al diablo, también.

—Sí, podría.

—¿Y *usted?* ¿Cuántos años tiene?

—71.

—¿71?

—Sí.

—Es viejo, también.

—Ah, ya lo sé, Charley.

Nos dimos la mano y bajé de su porche y luego bajé por la cuesta, pasando junto a las plantas cansadas, las casas cansadas.

Me dirigía a la estación de servicio.

Otro día pateado en el culo.

Hoy ha sido el segundo día de apuestas entre hipódromos. En las carreras en directo de Oak Park sólo
había 7.000 personas. Mucha gente no quiere hacer
ese largo viaje hasta Arcadia. Para los que viven en el
sur de la ciudad significa coger la Harbor Freeway,
luego la Pasadena Freeway, y luego sortear más calles
todavía antes de llegar al hipódromo. Es un viaje largo
y caluroso, ir y venir. Yo siempre llego completamente exhausto de ese viaje.

Me llamó un jockey de poca monta. «No había nadie en el hipódromo. Esto es el fin. Necesito cambiar
de profesión. Creo que me voy a comprar un procesa-
dor de textos y hacerme escritor. Escribiré sobre ti...»

Me había dejado el mensaje en el contestador. Le
llamé y le di la enhorabuena por haber llegado el 2.º
en una carrera en la que partía con 6 contra 1. Pero el
tipo estaba deprimido.

«El pequeño entrenador está acabado. Esto es el
fin», me dijo.

Bueno, veremos cuánta gente acude a las carreras
de mañana. Viernes. Probablemente unos mil más.
Pero no sólo se trata de las apuestas entre hipódromos, sino de la economía en general. Las cosas están
peor de lo que el gobierno o la prensa quiere admitir.

Los que siguen manteniéndose a flote dentro del sistema económico no quieren soltar prenda. Yo supongo que el mayor negocio que hay es el de la venta de drogas. Qué demonios, si no fuera por eso, la mayoría de los jóvenes estarían en paro. En cuanto a mí, sigo sobreviviendo como escritor, pero eso podría irse al carajo de la noche a la mañana. Bueno, todavía me queda la pensión: 943 dólares al mes. Empezaron a pagármela cuando cumplí los 70. Pero eso podría acabarse también. Imaginaos a todos los viejos vagando por la calle sin sus pensiones. No descartéis la posibilidad. La deuda nacional podría hundirnos como un pulpo gigante. La gente acabaría durmiendo en los cementerios. Y al mismo tiempo, hay una costra de ricos que viven encima de la podredumbre. ¿No es asombroso? Hay gente que tiene tanto maldito dinero que ni siquiera sabe cuánto tiene. Y estoy hablando de millones. Y ahí está Hollywood, fabricando películas de 60 millones de dólares, tan idiotas como los pobres estúpidos que van a verlas. Los ricos siguen ahí, ellos siempre han encontrado la manera de ordeñar al sistema.

Me acuerdo de cuando los hipódromos se llenaban hasta arriba de gente, hombro con hombro, culo con culo, sudando, gritando, empujando hacia los bares llenos. Eran buenos tiempos. Tenías un buen día, encontrabas a una mujer en el bar, y esa noche ya estabais los dos en tu apartamento, bebiendo y riendo. Creíamos que esos días (y esas noches) no se acabarían nunca. ¿Y por qué iban a acabarse? Juegos de dados en los aparcamientos. Peleas a puñetazos. Gloria y bravura. Electricidad. Dios, era una vida buena, divertida. Los tíos éramos hombres, no le tolerábamos una mierda a nadie. Y, francamente, se sentía uno bien. Privar y darse revolcones. Y bares de sobra, bares llenos. Sin televisor. Abrías la boca y te metías en líos. Si te detenían por andar bebido por la calle, sólo te encerraban esa noche, hasta que se te pasara la borrachera. Perdías trabajos y encontrabas otros trabajos. Para qué ibas a quedarte siempre en el mismo sitio. Qué tiempos. Qué vida. Siempre ocurrían cosas delirantes, seguidas de más cosas delirantes.

Ahora todo eso se ha evaporado. Siete mil personas en un hipódromo importante en una tarde de sol. Nadie en el bar. Excepto el camarero, allí solo, con un paño en la mano. ¿Dónde está la gente? Hay más gente que nunca, pero ¿dónde está? Parada en las esquinas, sentada en habitaciones. Puede que Bush salga elegido otra vez, porque ganó una guerra fácil. Pero no hizo un carajo por la economía. Ni siquiera sabes si tu banco va a abrir por la mañana. No es que quiera ponerme a llorar. Pero bueno, en los años 30 todo el mundo sabía por lo menos dónde estaba. Ahora es un juego de espejos. Y nadie acaba de saber cómo se tiene todo en pie. Ni para quién está trabajando realmente. Si es que está trabajando.

Maldita sea, tengo que cambiar de tema. Nadie más parece quejarse del estado de las cosas. O, si lo hace, está en un sitio donde no se le oye.

Y yo me siento aquí a escribir poemas, una novela. No puedo evitarlo, no sé hacer otra cosa.

Fui pobre durante 60 años. Ahora no soy ni rico ni pobre.

En el hipódromo van a empezar a despedir gente de las casetas de los concesionarios, de los aparcamientos, de la oficina comercial y del servicio de mantenimiento. El bote acumulado en cada carrera será menor. Correrán menos caballos. Habrá menos jockeys. Muchas menos risas. El capitalismo ha sobrevivido al comunismo. Ahora se devora a sí mismo. Avanzando hacia el año 2000. Yo estaré muerto y fuera de aquí. Dejando atrás mi pequeña pila de libros. Siete mil en el hipódromo. No me lo puedo creer. La Sierra Madre solloza entre nubes de contaminación. Cuando los caballos dejen de correr el cielo se desplomará, plano y ancho y pesado, y lo aplastará todo. Glassware ganó la 9.ª carrera; 9 dólares por dólar apostado. Yo le había puesto diez.

La clase de informática ha sido como una patada en los cojones escocidos. Vas cogiéndolo centímetro a centímetro e intentas comprenderlo en su conjunto. El problema es que los libros dicen una cosa, y luego alguna gente te dice otra. La terminología se va haciendo lentamente comprensible. El ordenador *hace*, pero no *sabe*. Lo puedes confundir y se puede volver contra ti. Depende de ti llevarte bien con él. Aun así, el ordenador puede volverse loco y hacer cosas extrañas y curiosas. Se contagia con virus, sufre cortocircuitos, se cuelga, etc. Pero de alguna manera, esta noche, tengo la sensación de que cuanto menos se diga del ordenador, mejor.

Me pregunto qué sería de aquel loco reportero francés que me entrevistó en París hace ya tanto tiempo. El que bebía whisky como la mayoría de los hombres beben cerveza. Y se iba poniendo más brillante e interesante a medida que las botellas se vaciaban. Probablemente esté muerto. Yo solía beber 15 horas al día, pero principalmente vino y cerveza. Debería estar muerto. Y lo voy a estar. No es tan grave, cuando lo piensas. He llevado una vida extraña y confusa, de total y espantosa servidumbre, en su mayor parte. Pero creo que la diferencia estaba en la *manera* en que me abría paso entre la mierda. Volviendo la vista atrás, creo que siempre exhibí cierto grado de impasibilidad y de clase, al margen de lo que ocurriera. Recuerdo cómo se cabrearon los tipos del FBI cuando me llevaban detenido en el coche. «¡EH! ¡ESTE TÍO SE LO ESTÁ TOMANDO CON MUCHA CALMA!», gritó uno de ellos, enfadado. Yo no había preguntado por qué me detenían ni adónde íbamos. Sencillamente no me importaba. Aquello no era más que otra rebanada del sinsentido de la vida. «UN MOMENTO —les dije—. Estoy asustado.» Eso pareció hacerles sentirse mejor. Para mí, eran como criaturas venidas del espacio exterior. Era imposible que nos comunicáramos. Pero resultaba extraño. Yo no sentía nada. Bueno, a mí no me resultaba extraño, exactamente; quiero decir que era extraño en el sentido corriente de la palabra. Yo sólo veía manos y pies y cabezas. Esos tipos habían tomado una decisión, era asunto suyo. Yo no buscaba justicia ni lógica. Nunca lo he hecho. Quizá por eso nunca escribí cosas de protesta social. Para mí, la estructura entera carecería siempre de sentido, al margen de lo que hicieran con ella. Realmente no puedes sacar nada bueno de algo que no está ahí. Esos tipos querían verme asustado, estaban acostumbrados a eso. Yo lo único que sentía era repugnancia.

Y ahora estoy aquí, yendo a clases de informática. Pero es todo para bien, jugar con palabras, mi único juguete. Divagando, aquí, esta noche. La música clásica que suena en la radio no es muy buena. Creo que voy a cerrar el tenderete y a sentarme con mi mujer y mis gatos durante un rato. Nunca hay que empujar, nunca hay que forzar las palabras. Demonios, esto no es un concurso, y desde luego hay muy poca competencia. Muy poca.

Hay tipos extraños en el hipódromo, por supuesto.
Hay un individuo que va casi todos los días. Nunca
parece ganar una apuesta. Después de cada carrera,
desconsolado, la emprende a gritos contra el caballo
ganador. «¡ES UN PEDAZO DE MIERDA!», dice a gritos.
Y luego sigue gritando, diciendo que el caballo no
debería haber ganado. Se tira sus buenos 5 minutos
así. Muchas veces las apuestas del caballo están 5 a 2
y 3 a 1, o 7 a 2. Un caballo así debería tener posibilidades, o no tendría tantos puntos a su favor. Pero
este señor no se aclara. Y como pierda una carrera en
la photo finish, entonces la arma de verdad. «¡ME
CAGO EN DIOS! ¡NO ME PUEDE HACER ESTO!» No consigo entender por qué no le prohíben la entrada al hipódromo.
    —Oye, ¿cómo se lo monta el tío ese? —le pregun-
té a otro tipo una vez. Le había visto hablar con el otro
a veces.
    —Pide dinero prestado —me dijo.
    —Pero ¿no se queda sin gente que le preste?
    —Encuentra a otros. ¿Sabes cuál es su expresión
favorita?
    —No.
    —¿«A qué hora abre el banco por la mañana»?

Supongo que lo único que quiere es estar en el hipódromo, de alguna manera; simplemente estar allí. Significa algo para él, aunque siga perdiendo. Es un sitio donde estar. Un sueño loco. Pero es aburrido estar allí. Un lugar que te aturde. Todos pensando que sólo ellos conocen el secreto. Estúpidos egos perdidos. Yo soy uno de ésos. Sólo que para mí es un pasatiempo. Creo. Espero. Pero hay algo allí, aunque sea en un corto espacio de tiempo, muy corto; un fogonazo, como cuando mi caballo entra en la recta final y lo consigue. Lo veo ocurrir. Hay un subidón, una elevación. La vida casi resulta razonable cuando los caballos cumplen tus deseos. Pero los espacios que quedan en medio son muy planos. Gente pululando. La mayoría de ellos perdedores. Empiezan a secarse como el polvo. Chupados hasta quedar secos. Y, sin embargo, cuando me obligo a quedarme en casa empiezo a sentirme muy apático, enfermo, inútil. Es extraño. Las noches siempre están bien; por las noches tecleo. Pero los días hay que quitárselos de encima. Yo también estoy enfermo, de alguna manera. No me enfrento a la realidad. Pero ¿quién demonios quiere hacerlo?

Me recuerda la época en que me metía en un bar de Filadelfia desde la 5 de la mañana hasta las 2 de la mañana del día siguiente. Parecía el único sitio en el que podía estar. Muchas veces ni me acordaba de haberme marchado a la pensión y haber vuelto. Me daba la impresión de estar siempre en aquel taburete. Estaba evadiéndome de las realidades, no me gustaban.

Puede que el hipódromo sea para este individuo lo que el bar era para mí.

Muy bien, decidme algo útil. ¿Ser abogado? ¿Médico? ¿Congresista? Eso es una mierda también. Ellos creen que no es una mierda, pero sí lo es. Están atrapados en un sistema y no pueden escapar. Y casi nadie es demasiado bueno en lo que hace. No importa, se sienten seguros en su crisálida.

Un día las cosas se pusieron medio raras por allí. Hablo del hipódromo otra vez.

El Loco Gritón estaba allí, como de costumbre. Pero había otro individuo, y se veía que le pasaba algo en los ojos. Tenía una mirada de ira. Estaba cerca del Gritón, escuchando. Luego escuchó las previsiones del Gritón para la siguiente carrera. Eso al Gritón se le daba bien. Y por lo visto Ojos Iracundos estaba apostando a los caballos que decía el Gritón.

Fue pasando el día. Yo salía del servicio cuando lo vi y lo oí. Ojos Iracundos le estaba chillando al Gritón. «¡*Maldita sea! ¡Cállate! ¡Te voy a matar!*» El Gritón le dio la espalda y se marchó, diciendo «Por favor... Por favor...», con un tono de hastío y repugnancia. Ojos Iracundos lo siguió: «¡HIJO DE PUTA! ¡TE VOY A MATAR!»

Llegaron los de Seguridad e interceptaron a Ojos Iracundos, y se lo llevaron. Evidentemente, la muerte en el hipódromo no es algo que se deba tolerar.

Pobre Gritón. Estuvo callado el resto del día. Pero se quedó hasta que acabaron las carreras. El juego, por supuesto, te puede devorar vivo.

Tuve una novia una vez que me decía: «Estás realmente mal, será mejor que vayas a Alcohólicos Anónimos y a Jugadores Anónimos a la vez.» Pero en realidad no le importaba ninguna de esas cosas, a menos que interfirieran con los ejercicios de cama. Entonces no las podía soportar.

Recuerdo a un amigo mío que era jugador empedernido. Una vez me dijo: «No me importa si gano o pierdo; yo lo que quiero es apostar.»

Yo no soy así, he estado demasiadas veces en la Calle del Hambre. No tener nada de dinero sólo tiene un ligerísimo tinte de Romanticismo cuando eres muy joven.

En fin, el Gritón estaba allí otra vez al día siguiente. Misma historia: emprendiéndola contra los resultados de cada carrera. Es un genio, en cierta manera, porque nunca escoge un ganador. Pensadlo. Es algo muy difícil de hacer. Quiero decir, aunque no sepas nada de nada, puedes elegir simplemente un número, cualquier número, digamos que un 3. Puedes apostar al 3 durante 2 o 3 días, y al final te tiene que acabar saliendo un ganador. Pero no a este hombre. Es un prodigio. Lo sabe todo de los caballos, los tiempos fraccionados, las variantes entre hipódromos, el ritmo, las categorías, etc., pero aun así no escoge más que perdedores. Pensadlo. Y luego olvidadlo, o acabará volviéndoos locos.

Yo he recogido 275 dólares hoy. Empecé a apostar a los caballos tarde, a los 35 años. Llevo 36 años en ello y calculo que me siguen debiendo 5.000 dólares. Si los dioses me conceden 8 o 9 años más, puede que cuando me muera haya conseguido equilibrar la balanza.

Y ése es un objetivo digno de perseguir, ¿no os parece?

¿Eh?

Quemado. Un par de noches bebiendo esta semana. Tengo que admitir que no me recupero tan rápido como solía. Lo mejor de estar cansado es que no te descuelgas (en lo que escribes) con ninguna proclama vertiginosa y alocada. No es que eso sea malo, a menos que se convierta en norma. Lo primero que debe hacer la escritura es salvar tu propio pellejo. Si lo hace, entonces será automáticamente jugosa, entretenida.

Un escritor que conozco está llamando a la gente y diciéndole que teclea 5 horas todas las noches. Y supongo que nos tenemos que maravillar por ello. Por supuesto, ¿os lo tengo que decir? Lo que importa son *las cosas* que está tecleando. Me pregunto si incluye el tiempo que se pasa al teléfono en sus 5 horas de trabajo.

Yo puedo teclear entre una y 4 horas, pero la 4.ª hora, de alguna manera, se diluye hasta quedarse en casi nada. Conocí a un tipo una vez que me dijo: «Follamos toda la noche.» No es el mismo que teclea 5 horas todas las noches. Pero se conocen. A lo mejor deberían turnarse, desconectar. El tipo que haya tecleado durante 5 horas folla toda la noche, y el que haya follado toda la noche teclea durante 5 horas. O

quizá se puedan follar mutuamente mientras otro
teclea. Que no sea yo, por favor. Ya tengo a la mujer
para eso. Si es que hay una...

Hummm..., sabéis, me siento un poco descolo-
cado esta noche. No hago más que pensar en Máxi-
mo Gorki. ¿Por qué? No lo sé. En cierto modo es
como si Gorki nunca hubiera existido de verdad. Hay
escritores de los que te puedes creer que estuvieron
ahí. Como Turguéniev o D. H. Lawrence. A Hemingway lo visualizo al cincuenta por ciento. Estaba pero
no estaba. ¿Pero Gorki? Sí escribió algunas cosas que
tenían fuerza. Antes de la Revolución. Luego, después
de la Revolución, su escritura empezó a palidecer. No
tenía gran cosa de que quejarse. Es como los que pro-
testan contra la guerra; necesitan una guerra para me-
drar. Los hay que se ganan muy bien la vida protes-
tando contra la guerra. Y cuando no hay una guerra
no saben qué hacer. Como durante la guerra del Gol-
fo; había un grupo de escritores, poetas, que habían
planeado una gran manifestación de protesta contra la
guerra, estaban preparados, con sus poemas y discur-
sos. De repente la guerra se acabó. Y la manifestación
estaba prevista para una semana después. Pero no la
cancelaron. Siguieron adelante con ella igualmente.
Porque querían subirse a un escenario. Lo necesitaban. Era algo así como un indio danzando el Baile de
la Lluvia. Personalmente, estoy contra la guerra. Yo
ya me oponía a la guerra hace mucho tiempo, cuando
ni siquiera era algo popular, decente ni intelectual.
Pero sospecho de la valentía y las motivaciones de
muchos de los profesionales de la protesta contra la

guerra. Bueno, empiezo por Gorki y acabo con esto. Que fluyan las ideas; ¿a quién le importa?

Otro buen día en el hipódromo. No os preocupéis, no me estoy embolsando yo todo el dinero. Normalmente apuesto 10 dólares o 20 dólares a ganador, o cuando veo que la cosa se presenta bien, subo hasta 40 dólares.

Los hipódromos confunden aún más a la gente. Tienen a 2 tipos en la tele que salen antes de cada carrera y hablan de los que creen que van a ganar. Se equivocan todas las veces. Como todos los que hacen los folletos de pronósticos y los servicios de apuestas hípicas. Ni los ordenadores aciertan con los jamelgos, por mucha información que se les suministre. Desde el momento en que pagas a alguien para que te diga qué tienes que hacer, eres un perdedor. Y eso incluye a tu psiquiatra, a tu psicólogo, a tu agente de negocios, a tu profesor de pintura y a tu etc.

Nada te enseña más que reorganizarte después de cada fracaso y seguir avanzando. Sin embargo, la mayoría de la gente cae víctima del miedo. Temen tanto el fracaso que fracasan. Están demasiado condicionados, demasiado acostumbrados a que les digan lo que tienen que hacer. Empieza con la familia, sigue en el colegio y se extiende al mundo de los negocios.

Bueno, ya veis: un par de días de suerte en el hipódromo y ya me creo que lo sé todo.

Hay una puerta abierta a la noche y estoy aquí sentado, congelado, pero no me levanto a cerrar la puerta porque las palabras me están llevando por delante y eso me gusta demasiado como para parar.

«Viejo escritor se pone suéter, se sienta, sonríe a la pantalla del ordenador y escribe sobre la vida. ¿Cabe mayor solemnidad?»

Pero, maldita sea, lo voy a hacer. Me voy a levantar a cerrar la puerta y echar una meada.

Bueno, ya está hecho. Ambas cosas. Hasta me he puesto un suéter. Viejo escritor se pone suéter, se sienta, sonríe a la pantalla del ordenador y escribe sobre la vida. ¿Cabe mayor solemnidad? Y, Dios mío, ¿os habéis preguntado alguna vez lo que llega a mear un hombre en su vida? ¿Lo que come, caga? Toneladas. Horrible. Es mejor morirse y salir de aquí, estamos envenenándolo todo con lo que expelemos. Y al carajo con las alegres bailarinas; ellas también lo hacen.

No hay caballos mañana. El martes es un día flojo.

Creo que bajaré a sentarme un rato con mi mujer, y a mirar un poco las estupideces de la tele. Siempre estoy en el hipódromo o delante de esta máquina. A lo mejor ella se alegra. Eso espero. Bueno, allá voy. Soy un buen tipo, ¿sabéis? Bajo por las escaleras. Debe de ser extraño vivir conmigo. A mí me resulta extraño.

Buenas noches.

Ésta es una de esas noches en las que no hay nada.
Imaginaos que fuera siempre así. Vacío. Apático. Sin
luz. Sin danza. Sin asco, siquiera.

De esta manera, uno ni siquiera tiene el buen sentido de suicidarse. La idea ni se le ocurre.

Te levantas. Te rascas. Bebes un poco de agua.

Me siento como un perro callejero en julio, sólo
que estamos en octubre.

De todas formas, he tenido un buen año. Monto-
nes de páginas descansan en las estanterías, a mis espaldas. Escritas desde el 18 de enero. Es como si un
loco anduviera suelto. Ningún hombre que estuviera
bien de la cabeza escribiría tantas páginas. Es una enfermedad.

Este año también ha sido bueno porque he cortado más que nunca las visitas. Aunque una vez me
engañaron. Un individuo me escribió desde Londres,
diciéndome que había sido profesor en Soweto. Y
que cuando les había leído a sus alumnos algunas
cosas de Bukowski, muchos habían mostrado un
gran interés. Críos negros africanos. Eso me gustaba.
Siempre me gustan las cosas a distancia. Más adelante, el hombre ese me escribió y me dijo que trabajaba
para el *Guardian*, y que le gustaría pasarse a hacerme

una entrevista. Me pidió el número de teléfono, por correo, y se lo di. Me llamó. Me sonó bien. Fijamos una fecha y una hora y ya estaba listo. La noche y la hora llegaron y allí lo teníamos. Linda y yo le servimos vino y empezó. La entrevista parecía ir bien, sólo que era un poco brusca, extraña. Él me hacía una pregunta y yo se la contestaba, y luego él se ponía a contar alguna experiencia que había tenido, relacionándola más o menos con la pregunta, y con la respuesta que yo le había dado. El vino seguía corriendo y la entrevista se había terminado. Seguimos bebiendo, y él habló de África, etc. Su acento empezó a cambiar, a alterarse, a hacerse, creo yo, más grosero. Y parecía estar poniéndose más y más estúpido. Se estaba metamorfoseando delante de nosotros. Se puso a hablar de sexo y ya no cambió de tema. Le gustaban las chicas negras. Yo le dije que no conocíamos a muchas, pero que Linda tenía una amiga mexicana. Entonces se disparó. Empezó a decirnos que le encantaban las chicas mexicanas. Tenía que conocer a aquella chica mexicana. A toda costa. Le dijimos que bueno, que no sabíamos si podría ser. Él siguió y siguió con lo mismo. Estábamos bebiendo vino bueno, pero su cabeza se comportaba como si estuviera pulverizada por whisky. Muy pronto la cosa se redujo a «Mexicana... Mexicana... ¿Dónde está esa chica mexicana?» Se había disuelto por completo. No era más que un descerebrado y babeante borracho de tugurio. Le dije que la velada había terminado. Yo tenía que ir al hipódromo al día siguiente. Lo condujimos hasta la puerta. «Mexicana, mexicana...», decía.

—Nos enviará una copia de la entrevista, ¿verdad? —le pregunté.

—Por supuesto, por supuesto —dijo—. Mexicana...

Cerramos la puerta y desapareció.

Luego tuvimos que seguir bebiendo para olvidarnos de él.

Eso fue hace meses. Jamás nos llegó ningún artículo. El tipo no tenía nada que ver con el *Guardian*. No sé si realmente llamó de Londres. Probablemente llamara de Long Beach. La gente usa el truco de la entrevista para metérsete en casa. Y como las entrevistas no se suelen pagar, cualquiera puede presentarse en la puerta con un magnetofón y una lista de preguntas. Una noche apareció un tipo con acento alemán con una grabadora. Afirmaba trabajar para una publicación alemana con una tirada de millones de ejemplares. Se quedó durante horas. Sus preguntas parecían estúpidas, pero yo me abrí, intentando darle respuestas animadas e interesantes. Debió de grabar tres horas de conversación. Bebimos y bebimos y bebimos. Pronto empezó a caérsele la cabeza hacia adelante. Bebimos hasta dejarle fuera de combate, y aún estábamos dispuestos a seguir. Organizar una fiesta de verdad. La cabeza le caía sobre el pecho. Le caían hilillos de baba por las comisuras de la boca. Lo sacudí. «¡Eh! ¡Eh! ¡Despierta!» Se despertó y me miró. «Tengo que confesarle una cosa», me dijo. «No soy entrevistador, sólo quería venir a verle.»

También ha habido épocas en que han conseguido liarme los fotógrafos. Afirman estar bien conectados, te envían muestras de su trabajo. Aparecen con

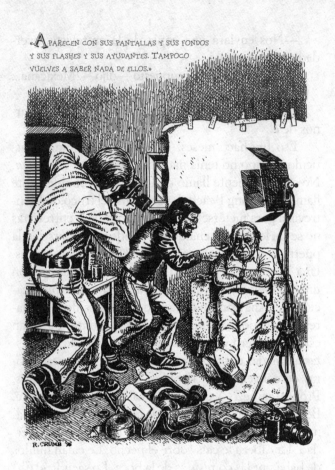

sus pantallas y sus fondos y sus flashes y sus ayudantes. Tampoco vuelves a saber nada de ellos. Quiero decir que nunca te envían ni una foto. Ni una. Son los mayores mentirosos. «Le enviaremos el reportaje completo.» Uno de ellos me dijo una vez: «Le enviaré una copia de tamaño natural.» «¿Qué quiere decir?», le pregunté. «Una foto de 2 metros por metro y medio.» Eso fue hace un par de años.

Siempre he dicho que la obligación de un escritor es escribir. Si estos farsantes e hijos de puta consiguen calzármela es por mi culpa. He terminado con todos ellos. Que vayan a hacerle la pelota a Elizabeth Taylor.

La vida peligrosa. He tenido que levantarme a las 8 de
la mañana para darles de comer a los gatos, porque el
técnico de Westec Security había quedado en venir a
las 8.30 para empezar a instalarme un sistema de seguridad más sofisticado. (¿Era yo el que solía dormir
encima de cubos de basura?)

El técnico de Westec Security llegó exactamente
a las 8.30. Buena señal. Le llevé por la casa indicán-
dole ventanas, puertas, etc. Bien, bien. Les iba a co-
nectar cables, iba a instalar detectores de roturas
de cristal, emisores de ondas bajas y de ondas cruza-
das, aspersores de extinción de incendios, etc. Linda
bajó a hacerle algunas preguntas. Se le da mejor que
a mí.

Yo sólo pensaba una cosa: «¿Cuánto tiempo va a
llevar esto?»

—Tres días —dijo el técnico.

—Dios —dije. (Dos de esos días estaría cerrado el
hipódromo.)

Así que cogimos un par de cosas y dejamos al técnico allí, diciéndole que volveríamos pronto. Teníamos un vale de regalo de 100 dólares para los almacenes I. Magnin, que alguien nos había regalado por
nuestro aniversario de boda. Y yo tenía que ingresar

un talón de derechos de autor. Así que nos marchamos al banco. Firmé el talón por detrás.

—Me gusta mucho su firma —dijo la chica.

Otra chica se acercó y miró la firma.

—Su firma cambia constantemente —dijo Linda.

—Me paso la vida firmando libros —dije.

—Es escritor —dijo Linda.

—¿Ah, sí? ¿Qué escribe? —preguntó una de las chicas.

—Díselo —le dije a Linda.

—Escribe poemas, cuentos y novelas —dijo Linda.

—Y un guión —dije—. *El borracho*.

—¡Ah! —dijo una de las chicas, sonriendo—. Ésa la vi.

—¿Te gustó?

—Sí —dijo con una sonrisa.

—Gracias —dije.

Luego dimos media vuelta y nos marchamos.

—Cuando hemos entrado, he oído a una de las chicas decir: "Sé quién es ese señor" —dijo Linda.

¿Veis? Éramos famosos. Nos metimos en el coche y fuimos a comer algo al centro comercial, cerca de los almacenes I. Magnin.

Nos sentamos a una mesa y nos comimos unos sándwiches de pavo, con zumo de manzana para beber, y luego tomamos unos *capuccinos*. Desde la mesa podíamos ver buena parte del centro comercial. El lugar estaba prácticamente vacío. Los negocios iban mal. Bueno, nosotros teníamos un vale de cien dólares para fundir. Ayudaríamos a la economía.

Yo era el único hombre que había allí. El resto eran mujeres, sentadas a las mesas, solas o en parejas. Los hombres estaban en otra parte. No me importaba. Me sentía seguro con las señoras. Estaba descansando. Mis heridas se estaban cicatrizando. Me iría bien un poco de sombra. No podía pasarme la vida tirándome por precipicios. Quizá después de un descanso pudiera lanzarme al abismo otra vez. Quizá.

Terminamos de comer y fuimos hasta los almacenes I. Magnin.

Necesitaba camisas. Estuve mirando camisas. No encontré ni una maldita camisa que me gustara. Parecían diseñadas por retrasados mentales. Pasé. Linda necesitaba un bolso. Encontró uno, con un descuento del 50 %. Costaba 395 dólares. No tenía pinta de valer 395 dólares. Más bien 49 dólares con 50. Linda también pasó. Había 2 sillas con cabezas de elefante en el respaldo. Guapas. Pero costaban miles de dólares. Había un pájaro de cristal, guapo, a 75 dólares, pero Linda dijo que no teníamos dónde ponerlo. Lo mismo ocurría con el pez de rayas azules. Yo me estaba cansando. Mirar cosas me cansaba. Los grandes almacenes me desgastaban y machacaban. No había nada en ellos. Toneladas y toneladas de basura. No me la llevaría ni regalada. ¿No venden nunca nada atractivo?

Decidimos dejarlo para otro día. Fuimos a una librería. Yo necesitaba un libro sobre mi ordenador. Necesitaba saber más. Encontré un libro. Fui a la caja. El dependiente registró la cantidad. Pagué con tarjeta. «Gracias», me dijo. «¿Sería tan amable de firmarme esto?» Me entregó mi último libro. Ya veis, era famoso. Reconocido dos veces en el mismo día. Dos veces era suficiente. Tres veces o más y ya tienes problemas. Los dioses me estaban poniendo las cosas en su justo punto. Le pregunté cómo se llamaba, escribí allí su nombre, le garabateé una dedicatoria, se la firmé y le hice un dibujo.

Al volver a casa nos paramos en una tienda de informática. Necesitaba papel para la impresora láser. No tenían. Le agité el puño al dependiente. Aquello me recordó los viejos tiempos. El dependiente me recomendó un sitio. Lo encontramos a la vuelta. Allí encontramos de todo, a precios de saldo. Compré papel de impresora como para durarme dos años, y sobres, bolígrafos y clips. Ahora lo único que tenía que hacer era escribir.

Llegamos a casa. El técnico de la empresa de seguridad se había marchado. El albañil había venido y se había ido. Había dejado una nota: «Volveré a las 4.» Sabíamos que el albañil no volvería a las 4. Estaba loco. Infancia problemática. Muy trastornado. Pero buen baldosista.

Guardé las compras arriba. Ya estaba listo. Era famoso. Era escritor.

Me senté y puse en marcha el ordenador. Abrí el programa de JUEGOS ESTÚPIDOS. Y empecé a jugar al Tao. Cada vez se me daba mejor. Raras veces me ganaba el ordenador. Era más fácil que ganarles la partida a los caballos, pero de algún modo no tan satisfactorio. Bueno, estaría otra vez allí el miércoles. Apostar a los caballos me apretaba las clavijas. Era parte del esquema. Funcionaba. Y tenía 5.000 hojas de papel de impresora que llenar.

Un día terrible hoy en el hipódromo, no tanto en dinero perdido, porque puede que incluso haya ganado algún centavo, sino en que la sensación que tenía allí era horrible. Nada se movía. Era como si estuviera condenado y, bueno, ya no me queda mucho tiempo. Las mismas caras, la misma comisión del 18 por ciento. A veces me siento como si estuviéramos todos atrapados en una película. Nos sabemos el diálogo, hacia dónde caminar, cómo actuar, sólo que no hay cámara. Y, sin embargo, no podemos escapar de la película. Y es una mala película. Conozco a todos los cajeros del hipódromo demasiado bien. A veces tenemos pequeñas conversaciones cuando hago mis apuestas. A mí me gustaría encontrar a un cajero indiferente, uno que se limitara a darme mis resguardos sin decir nada. Pero, finalmente, a todos les da por hacer conversación. Están aburridos. Y están en guardia, también: muchos de los jugadores están un poco desquiciados. Muchas veces se producen confrontaciones con los cajeros, suenan timbrazos y los de Seguridad vienen corriendo. Hablando con nosotros, los cajeros nos pueden tantear. Se sienten más seguros de esa manera. Prefieren a los jugadores amigables.

Con los jugadores la cosa me resulta más fácil. Los habituales saben que soy una especie de chiflado y que no deseo hablar con ellos. Siempre estoy trabajando en un nuevo sistema, y a menudo cambio de sistema sobre la marcha. Siempre estoy intentando encajar los números con la realidad, intentando codificar la locura para convertirla en un sencillo número o un grupo de números. Quiero entender la vida, los sucesos de la vida. Leí un artículo en el que se decía que desde hace mucho tiempo, en el ajedrez, un rey, un alfil y una torre se consideraban iguales a un rey y dos caballos. En Los Álamos pusieron a trabajar una máquina, equipada con 65.536 procesadores, en un programa. El ordenador resolvió el problema en 5 horas, tras considerar 100 mil millones de jugadas, empezando por la posición ganadora y avanzando hacia atrás. Se determinó que el rey, la torre y el alfil podían ganar al rey y dos caballos en 223 jugadas. Esto es algo que me deja completamente fascinado. Sin duda alguna supera al pesado y chapucero juego de apostar a los caballos.

Yo creo que trabajé demasiado tiempo, a lo largo de mi vida, como trabajador manual. Trabajé como tal hasta los 50 años. Esos cabrones me hicieron acostumbrarme a ir todos los días a un sitio y quedarme allí durante muchas horas y luego regresar. Me siento culpable mariposeando por ahí. Así que acabo en el hipódromo, aburrido y, al mismo tiempo, volviéndome loco. Reservo las noches para el ordenador o para beber o para las dos cosas. Algunos de mis lectores creen que me encantan los caballos, que la acción me emociona, que soy un jugador entusiasta, un verdadero tipo duro, profesional de las apuestas. Me llegan libros por correo sobre caballos y carreras de caballos, y sobre historias del hipódromo y etc. Me importa un carajo todo eso. Voy al hipódromo casi a regañadientes. Soy demasiado idiota como para pensar en otro sitio adonde ir. ¿Dónde, dónde, durante el día? ¿Los Jardines Colgantes? ¿Al cine? Demonios, que alguien me ayude, no puedo hacer vida social con las señoras, y la mayoría de los hombres de mi edad están muertos, y si no están muertos deberían estarlo, porque sin duda lo parecen.

He intentado alejarme del hipódromo, pero me pongo muy nervioso y me deprimo, y esa noche no tengo savia que infundirle al ordenador. Supongo que sacar mi culo de aquí me obliga a mirar a la Humanidad, y cuando miras a la Humanidad TIENES que reaccionar. Es sencillamente demasiado, un continuo espectáculo de los horrores. Sí, me aburro allí, y aquello me aterroriza, pero también soy, hasta ahora, una especie de estudioso. Un estudioso del infierno.

¿Quién sabe? Algún día puede que me vea confinado a la cama. Me quedaré ahí tirado y pintaré en hojas de papel clavadas con chinchetas en la pared. Pintaré con un pincel largo y probablemente hasta me gustará.

Pero ahora mismo, son las caras de los jugadores, caras de cartón, horribles, malvadas, vacías, avariciosas, caras agonizantes, día tras día. Rompiendo sus resguardos, leyendo sus diversos periódicos, mirando los cambios en el cartel de las apuestas mientras los van reduciendo a menos y a menos, mientras yo estoy allí con ellos, mientras yo soy uno de ellos. Estamos enfermos, somos los pringados de la esperanza. Nuestras pobres ropas, nuestros viejos coches. Nos movemos hacia el espejismo, nuestras vidas malgastadas como las de todos los demás.

Hoy no he ido al hipódromo. He tenido la garganta
irritada y un dolor en la parte de arriba de la cabeza,
un poco hacia el lado derecho. Cuando llegas a los 71
nunca sabes cuándo te va a explotar la cabeza a través
del parabrisas. Sigo agarrando alguna buena borrachera de vez en cuando, y fumo muchos más cigarri-
llos de la cuenta. El cuerpo se me mosquea cuando lo
hago, pero también hay que alimentar la mente. Y el
espíritu. Beber alimenta mi mente y mi espíritu. En
fin, hoy me he quedado en casa, y no me he levantado
hasta las 12.20.

    Un día tranquilo. Me metí en el jacuzzi como un
pez gordo. Brillaba el sol y el agua burbujeaba y se
arremolinaba, caliente. Me relajé. ¿Por qué no? Ponerse a tono. Intentar sentirse mejor. El mundo entero es un saco de mierda que se está rompiendo por las
costuras. Yo no lo puedo salvar. Pero he recibido muchas cartas de gente que afirma que mi escritura le ha
salvado el pellejo. Pero yo no la escribí para eso, la escribí para salvar mi propio pellejo. Siempre estuve al
margen, nunca encajé. Eso lo descubrí en el patio
del colegio. Y otra cosa que aprendí fue que aprendía
muy lentamente. Los otros tíos lo sabían todo; yo no
sabía un carajo. Todo estaba bañado en una luz blan-

«Me metí en el jacuzzi como un pez gordo. Brillaba el sol y el agua burbujeaba y se arremolinaba, caliente. Me relajé. ¿Por qué no?»

ca y mareante. Yo era un estúpido. Y no obstante, aunque fuera un estúpido, sabía que no era completamente estúpido. Tenía un pequeño rinconcito de mí mismo que estaba protegiendo; allí había algo. Qué importa. Aquí estaba ahora, en el jacuzzi, y mi vida se estaba acabando. No me importaba, ya había visto el circo. Aun así, siempre hay más cosas que escribir, hasta que me lancen a las tinieblas o a lo que sea. Eso es lo bueno de las palabras, que siguen trotando hacia adelante, buscando cosas, formando oraciones, pasándoselo en grande. Yo estaba lleno de palabras, y seguían brotando, en buena forma. Tenía suerte. En el jacuzzi. Garganta irritada, dolor en la cabeza, pero tenía suerte. Viejo escritor en jacuzzi, divagando. Agradable, agradable. Pero el infierno está siempre ahí, esperando para desovillarse.

Mi viejo gato rubio se me acercó y me miró mientras estaba en el agua. Nos miramos el uno al otro. Ambos lo sabíamos todo y no sabíamos nada. Luego se marchó.

El día fue transcurriendo. Linda y yo comimos en algún sitio, no recuerdo dónde. La comida no era demasiado buena, y el local estaba abarrotado con la típica gente de los sábados. Estaban vivos pero no estaban vivos. Sentados a las mesas y en los reservados, comiendo y hablando. Un momento, Dios mío, eso me ha recordado algo. El otro día comí por ahí antes de ir al hipódromo. Me senté al mostrador, el local estaba completamente vacío. Ya me habían traído lo mío y estaba comiendo. Un hombre entró y se sentó JUSTAMENTE A MI LADO. Había 20 o 25 asientos libres.

Se sentó a mi lado. La cosa es que no me gusta demasiado la gente. Cuanto más lejos estoy de ella mejor me siento. Y el tipo ese pidió lo suyo y empezó a hablar con la camarera. A hablar de fútbol profesional. Yo mismo lo veo a veces, pero ¿por qué hablar de ello en una cafetería? Hablaron y hablaron, comentarios sobre esto y lo de más allá. Venga y venga. Jugador favorito. Quién debería ganar, etc. Y luego alguien que estaba sentado en un reservado se unió a la conversación. Supongo que no me hubiera importado tanto si no hubiera estado codo con codo con aquel gilipollas que tenía al lado. Un buen tipo, no digo que no. Le gustaba el fútbol. Seguro. Americano. Sentado junto a mí. Olvídalo.

Así que sí, comimos algo, Linda y yo, volvimos a casa, y el día se deslizó tranquilamente hacia la noche, y luego, justo después de que anocheciera, Linda notó algo. Se le daba bien eso. La vi entrar por el patio de atrás y me dijo: «El viejo Charley se ha caído, han venido los bomberos.»

El viejo Charley es un tío de 96 años que vive en la casa grande de al lado de la nuestra. Su mujer murió la semana pasada. Estuvieron casados 47 años.

Salí al porche y allí estaba el camión de los bomberos. Había un individuo allí de pie.

—Soy el vecino de Charley. ¿Está vivo?

—Sí —me dijo.

Era evidente que estaban esperando a la ambulancia. El camión de los bomberos había llegado primero. Linda y yo esperamos. Llegó la ambulancia. Era extraño. Se bajaron dos tipos canijos, parecían bastante pequeños. Se quedaron allí de pie, uno junto a otro. Tres tipos del camión de los bomberos los rodearon. Uno de ellos empezó a hablar con los canijos. Ellos asentían con la cabeza. Luego se acabó la charla. Fueron a la ambulancia y sacaron la camilla. La subieron por la larga escalinata hasta la casa.

Estuvieron mucho tiempo allí dentro. Luego salieron. El viejo Charley estaba atado a la camilla. Cuando se disponían a cargarlo en la ambulancia, nos acercamos.

—Aguanta, Charley —le dije.

—Te estaremos esperando cuando vuelvas —dijo Linda.

—¿Quiénes sois vosotros? —preguntó Charley.

—Somos tus vecinos —respondió Linda.

Luego lo metieron en la ambulancia y se marcharon. Un coche rojo iba detrás, con 2 familiares dentro.

Mi vecino de enfrente cruzó la calle y se nos acercó. Nos dimos la mano. Habíamos agarrado un par de borracheras juntos. Le contamos lo de Charley. A todos nos indignaba un poco que sus parientes lo dejaran tanto tiempo solo. Pero no podíamos hacer gran cosa.

—Tendrías que ver mi cascada —dijo mi vecino.

—Bueno, venga —dije—. Vamos a verla.

Fuimos hasta allí, pasamos junto a su mujer y sus hijos y salimos al patio de atrás. Rodeamos la piscina, y efectivamente, allí estaba: una ENORME cascada. Subía por un pequeño precipicio al fondo del jardín, y parte del agua parecía salir del tronco de un árbol. Era descomunal. Y construida con enormes y hermosas piedras de diferentes colores. El agua caía rugiendo, iluminada por luces. Era difícil de creer. Había un obrero allí, trabajando todavía en la cascada. Ya no quedaba nada por hacer.

Le di la mano al obrero.

—Ha leído todos tus libros —dijo mi vecino.

—No jodas —dije.

El obrero me sonrió.

Luego entramos en la casa otra vez. Mi vecino me preguntó:

—¿Te apetece un vaso de vino?

—No, gracias —le dije. Luego le expliqué lo de la garganta irritada y el dolor que tenía en la parte de arriba de la cabeza.

Linda y yo cruzamos otra vez la calle y volvimos a casa.

Y, básicamente, eso fue todo aquel día y aquella noche.

Bueno, mi 71.° año ha sido un año terriblemente productivo. Es probable que haya escrito más palabras este año que en cualquier otro año de mi vida. Y aunque el escritor es un mal juez de su propia obra, sigo pensando que mi escritura es tan buena como siempre; quiero decir, tan buena como la que he producido en mis mejores momentos. Este ordenador que empecé a utilizar el 18 de enero ha tenido mucho que ver con ello. Es sencillamente más fácil registrar las palabras, se transfieren más rápidamente desde el cerebro (o de dondequiera que salga esto) a los dedos, y de los dedos a la pantalla, donde se hacen visibles inmediatamente; nítidas y claras. No es la velocidad en sí misma, sino cómo todo va fluyendo: un río de palabras, y si las palabras son buenas, las dejas correr con soltura. Se acabó el papel de carbón, se acabó el tener que volver a teclear los textos. Yo solía necesitar una noche para hacer el trabajo, y luego la siguiente para corregir los errores y los descuidos de la noche anterior. Las faltas de ortografía, los errores de tiempos verbales, etc., se pueden corregir ahora en el texto original, sin tener que volver a teclearlo todo, ni insertar fragmentos ni tachar cosas. A nadie le gusta leer un texto emborronado, ni siquiera al autor. Ya sé que todo esto debe de sonar a tiquismiquis o a exceso de cuidado, pero no lo es; lo que hace es permitir que la fuerza o la suerte que puedas haber engendrado salga claramente a la superficie. Es un gran adelanto, la verdad, y si es así como se pierde el alma, me apunto ahora mismo.

Ha habido momentos malos. Recuerdo que una noche, después de teclear durante 4 horas largas o así, sentí que había tenido una asombrosa racha de suerte, y de repente —le di a alguna tecla— hubo un fogonazo de luz azul y las muchas páginas que llevaba escritas se esfumaron. Lo intenté todo para recuperarlas. Pero sencillamente habían desaparecido. Sí, lo tenía puesto en «Guardar todo», pero no sirvió de nada. Aquello me había pasado otras veces, pero no con tantas páginas. Y podéis creerme: es una sensación infernal y horrible, cuando las páginas se desvanecen. Ahora que lo pienso, he perdido 3 o 4 páginas de mi novela en otras ocasiones. Un capítulo entero. Lo que hice esa vez fue simplemente volver a escribir todo el maldito capítulo. Cuando haces eso, pierdes algo, pequeñas brillanteces que ya no recuperas, pero también ganas algo, porque mientras reescribes te saltas algunas partes que no te convencían del todo, y añades otras partes que son mejores. ¿Y entonces? Bueno, en esos casos la noche se alarga mucho. Los pájaros empiezan a cantar. Tu mujer y los gatos creen que te has vuelto loco.

Consulté a algunos expertos informáticos sobre el «fogonazo azul», pero ninguno de ellos supo decirme nada. He descubierto que la mayoría de los expertos informáticos no son muy expertos. Ocurren cosas inexplicables que sencillamente no vienen en el manual. Ahora que sé más de ordenadores creo que ya sé de algo que me hubiera permitido recuperar el trabajo que perdí con el «fogonazo azul»...

La peor noche fue cuando me senté al ordenador y se volvió completamente loco, y empezó a soltar bombazos, extraños ruidos a todo volumen, seguidos de momentos de oscuridad, una oscuridad de muerte, y luché y luché pero no pude hacer nada. Luego me fijé en algo que parecía un líquido, endurecido sobre la pantalla y alrededor de la ranura que hay junto al «cerebro», la ranura por donde se insertan los disquetes. Uno de mis gatos había regado de semen mi máquina. Tuve que llevarla al taller. El técnico no estaba, y un vendedor retiró una porción del «cerebro»; un líquido amarillo le salpicó la camisa blanca, y gritó: «¡Semen de gato!» Pobre tipo. Pobre tipo. Pero bueno, dejé allí el ordenador. No había nada en la garantía que cubriera el semen de gato. Prácticamente tuvieron que destripar el «cerebro». Tardaron 8 en días arreglarlo. Durante ese tiempo volví a usar mi máquina de escribir. Era como intentar romper rocas con las manos. Tuve que aprender a mecanografiar desde cero otra vez. Tenía que emborracharme bien para hacer que aquello fluyera. Y, nuevamente, necesitaba una noche para escribir la primera versión y otra noche para corregirla. Pero me alegré de tener allí la máquina. Llevábamos 5 décadas juntos, y habíamos pasado muy buenos momentos. Cuando me devolvieron el ordenador me entristeció un poco volver a guardar la máquina de escribir en su rincón. Pero volví al ordenador y las palabras empezaron a volar como pájaros locos. Y ya no había fogonazos azules ni páginas que se esfumaban. La cosa iba mejor todavía. Esa ducha que le dio el gato a la máquina lo arregló todo. Sólo que ahora, cuando dejo el ordenador, lo cubro con una toalla grande de playa y cierro la puerta.

Sí, ha sido mi año más productivo. El vino mejora si envejece en condiciones.

No estoy metido en ninguna competición con nadie, ni pienso en la inmortalidad; me importa un carajo todo eso. Es la ACCIÓN mientras estás vivo. La verja que se abre bajo el sol, los caballos que se abalanzan entre la luz, los jockeys, esos valientes diablillos con sus brillantes blusas de seda, yendo a por todas, corriendo a toda pastilla. La gloria está en el movimiento y en la osadía. Al carajo con la muerte. Es hoy y es hoy y es hoy. Sí.

La marea se retira. Me siento aquí y me quedo mirando un clip durante 5 minutos. Ayer, cuando volvía por la autopista, la tarde se sumergía ya en tinieblas. Había una niebla ligera. La Navidad se acercaba como un arpón. De repente me di cuenta de que iba prácticamente solo por la autopista. Luego vi, en la carretera, un gran parachoques de un coche pegado a un trozo de parrilla. Lo evité a tiempo, y luego miré a mi derecha. Había habido un choque en cadena, 4 o 5 coches, pero todo estaba en silencio, no había movimiento, nadie por allí, ni llamas, ni humo, ni luces de faros. Iba demasiado deprisa para ver si había gente en los coches. Y luego, de repente, la tarde se convirtió en noche. A veces no hay advertencias. Las cosas ocurren en segundos. Todo cambia. Estás vivo. Estás muerto. Y todo sigue adelante.

Somos delgados como el papel. Existimos a base de suerte, entre porcentajes, temporalmente. Y eso es lo mejor y lo peor, el factor temporal. Y no se puede hacer nada al respecto. Puedes sentarte en la cima de una montaña y meditar durante décadas, pero eso no va a cambiar. Puedes cambiar tú mismo y aprender a aceptar las cosas, pero quizá eso también sea un error. Quizá pensemos demasiado. Hay que sentir más, pensar menos.

Todos esos coches que habían chocado parecían de color gris. Extraño.

Me gusta la manera en que los filósofos desmontan los conceptos y las teorías que los han precedido. Lleva pasando desde hace siglos. No, ése no es el camino, te dicen. Es éste. Sigue y sigue, y parece muy razonable la manera en que todo sigue adelante. El principal problema, para los filósofos, es que deben humanizar su lenguaje, hacerlo más accesible, porque entonces los pensamientos se iluminan mejor, se hacen todavía más interesantes. Creo que están aprendiendo que es así. La sencillez es la clave.

Cuando escribes debes deslizarte. Puede que las palabras se retuerzan y entrecorten, pero si se deslizan, entonces hay un cierto encanto que lo ilumina todo. La escritura cuidadosa es escritura muerta. Creo que Sherwood Anderson fue uno de los que mejor jugaban con las palabras, como si fueran rocas, o trozos de comida que se pudieran comer. PINTABA sus palabras en el papel. Y eran tan sencillas que sentías fogonazos de luz, puertas que se abrían, paredes que resplandecían. Veías alfombras y zapatos y dedos. Él tenía las palabras. Encantador. Y sin embargo, eran como balas también. Te podían noquear. Sherwood Anderson sabía algo, tenía el instinto. Hemingway se esforzaba demasiado. Percibías todo ese esfuerzo en su escritura. Eran duros bloques, pegados entre sí. Y Anderson era capaz de reírse mientras te contaba algo serio. Hemingway nunca se reía. Alguien que escribe de pie a las 6 de la mañana no puede tener sentido del humor. Quiere derrotar algo.

96

Cansado, esta noche. Maldita sea, no duermo lo suficiente. Me encantaría dormir hasta el mediodía, pero la primera carrera empieza a las 12.30; si le añades el viaje en coche y lo que tardas en preparar las apuestas, tengo que salir de casa sobre las 11, antes de que llegue el cartero. Y rara vez me duermo antes de las 2 de la mañana o así. Me levanto un par de veces para echar una meada. Uno de los gatos me despierta a las 6 en punto, mañana tras mañana, porque tiene que salir. Y luego están los corazones solitarios, a los que les gusta llamar antes de las 10. No cojo el teléfono, el contestador se ocupa de recoger los recados. Pero se me interrumpe el sueño. Aunque si esto es lo único de lo que me puedo quejar, entonces estoy en plena forma.

No hay carreras durante los 2 próximos días. Mañana no me levantaré hasta el mediodía y me sentiré pletórico de fuerzas, diez años más joven. Demonios, eso suena a chiste: con diez años menos, tendría 61; ¿se le puede llamar a eso un respiro? Dejadme llorar, dejadme llorar.

Es la 1 de la mañana. ¿Por qué no lo dejo y me voy a dormir?

Bueno, me muevo entre la novela y el poema y el hipódromo y sigo vivo. No ocurre demasiado en el hipódromo; simplemente tengo que aguantar a la humanidad, y allí estoy. Luego está la autopista, para ir hasta allí y volver. La autopista siempre te recuerda lo que es la mayoría de la gente. Estamos en una sociedad competitiva. Quieren que tú pierdas para que ellos puedan ganar. Es algo que está enraizado muy adentro y en gran medida aflora en la autopista. Los conductores lentos quieren bloquearte, los conductores rápidos quieren adelantarte. Yo me mantengo en 110, así que adelanto y me adelantan. No me importan los conductores rápidos. Me quito de su camino y los dejo pasar. Son los lentos los que te irritan, los que van a 90 por el carril rápido. Y a veces te puedes quedar atrapado. Y ves lo suficiente de la cabeza y el cuello del conductor que tienes delante como para poder hacerte una idea de cómo es. Y la idea que te haces es que es una persona con el alma dormida, y al mismo tiempo amargada, burda, cruel y estúpida.

Oigo ahora una voz que me dice: «Eres estúpido si piensas así. El estúpido eres tú.»

Siempre habrá quienes defiendan a los subnormales de la sociedad, porque no se dan cuenta de que los subnormales son subnormales. Y no se dan cuenta porque ellos también son subnormales. Tenemos una sociedad de subnormales, y por eso la gente actúa como lo hace, y se hace lo que se hace. Pero ése es asunto suyo y a mí no me importa, a excepción de que tengo que vivir con ellos.

Recuerdo una vez que salí a cenar con un grupo de gente. En una mesa cercana había otro grupo de gente. Hablaban en voz alta y no dejaban de reírse. Pero su risa era completamente falsa, forzada. Se reían y se reían.

Finalmente les dije a los de nuestra mesa:

—Es bastante insoportable, ¿verdad?

Uno de los de nuestra mesa se volvió hacia mí con una dulce sonrisa y dijo:

—Me gusta que la gente sea feliz.

No respondí. Pero sentí que un agujero oscuro y negro se me abría por dentro. Ah, qué demonios.

En las autopistas ves cómo es la gente. En las mesas de los restaurantes ves cómo es la gente. En la televisión ves cómo es la gente. En el supermercado ves cómo es la gente, y etc., etc. Es siempre lo mismo. ¿Qué hacer? Agacharte y aguantar. Echarte otro trago. A mí también me gusta que la gente sea feliz. Sólo que no he visto a muchos que sean felices.

En fin, he llegado hoy al hipódromo y he buscado un asiento. Había un tipo con una gorra roja puesta del revés. Una de esas gorras que regalan en los hipódromos. Día de Regalar Cosas. El tipo tenía el formulario de carreras y una armónica. Ha cogido la armónica y ha empezado a soplar. No sabía tocar. Se limitaba a soplar. Y tampoco se trataba de la escala de 12 tonos de Schoenberg. Era una escala de 2 o 3 tonos. Se ha quedado sin resuello y ha recogido el formulario de carreras.

Delante de mí había 3 individuos que se pasaban toda la semana en el hipódromo. Un tipo de unos 60 que siempre llevaba ropa de color marrón y un sombrero marrón. Al lado de él había otro tipo, más viejo, de unos 65, de pelo muy blanco, blanco como la nieve, de cuello torcido y hombros caídos. Junto a él, un oriental de unos 45 que no paraba de fumar. Antes de cada carrera hablaban del caballo al que iban a apostar. Eran jugadores asombrosos, muy parecidos al Loco Gritón del que ya os he hablado antes. Y os diré por qué. Llevo sentándome detrás de ellos desde hace dos semanas. Y ninguno ha escogido todavía un ganador. Y eso que apuestan a caballos con posibilidades, quiero decir con puntos de ventaja que pueden oscilar entre 2 a 1 y 7 u 8 a 1. Eso son, pongamos, unas 45 carreras, multiplicadas por 3 selecciones de cada vez. Eso son 135 selecciones, sin un solo ganador. Ésa es una estadística verdaderamente asombrosa. Pensadlo. Con que cada uno de ellos se limitara a escoger un número, como el 1, el 2 o el 3, y apostara siempre a ese número, acabaría ganando por la fuerza. Pero como no paran de cambiar de selección, de alguna manera se las arreglan, juntando todos sus conocimientos y su potencial cerebral, para perder una y otra vez. ¿Por qué siguen viniendo al hipódromo? ¿No se avergüenzan de su ineptitud? No, siempre habrá una siguiente carrera. Algún día lo conseguirán. A lo grande.

101

Entenderéis, entonces, por qué el ordenador me parece tan estupendo cuando regreso del hipódromo y de la autopista. Una pantalla limpia en la que colocar palabras. Mi mujer y mis 9 gatos me parecen los más grandes genios de este mundo. Lo son.

¿Qué hacen los escritores cuando no están escribiendo? Yo me dedico a ir al hipódromo. O, en los viejos tiempos, me moría de hambre o hacía trabajos que me arrancaban las entrañas.

Ahora me mantengo alejado de los escritores, o de los que se hacen llamar escritores. Pero entre 1970 y 1975, aproximadamente, cuando tomé la decisión de quedarme plantado en un sitio y escribir o morir, venían a visitarme escritores, todos ellos poetas. POETAS. Y descubrí una cosa curiosa: ninguno de ellos tenía medios visibles de subsistencia. Si tenían libros publicados, no se vendían. Y si daban recitales de poesía, muy poca gente acudía a ellos, excepto digamos que entre 4 y 14 personas, también POETAS. Pero todos vivían en apartamentos bastante bonitos, y parecían tener tiempo de sobra para sentarse en mi sofá y beberse mi cerveza. Yo me había criado fama de loco en la ciudad; de montar fiestas en las que ocurría lo indecible y en las que mujeres alocadas bailaban y rompían cosas, o de tirar a gente de la terraza de mi casa, o de que había redadas de la policía o etc., etc. En gran parte era cierto. Pero también tenía que poner las palabras en la página para cumplir con mi editor y con las revistas, para pagar el alquiler y sacar dinero para priva, y todo eso significaba escribir narrativa. Pero estos... poetas... sólo escribían poesía... A mí lo que hacían me parecía endeble y pretencioso..., pero ellos seguían adelante, y vestían bastante bien, y parecían bien alimentados, y todos tenían tiempo libre para sentarse en el sofá y para hablar. Para hablar de su poesía y de sí mismos. Muchas veces les preguntaba: «Oye, dime, ¿cómo te ganas la vida?» Se limitaban a seguir allí sentados y a sonreírme y a beberse mi cerveza y a esperar que llegaran mujeres locas, con la esperanza de que de alguna manera les cayera una migaja; de sexo, de admiración, de aventura o de lo que demonios fuera.

Me estaba empezando a resultar evidente que tendría que quitarme de encima a aquellos aduladores reblandecidos. Y, poco a poco, fui descubriendo su secreto, uno por uno. En la mayoría de los casos, al fondo, bien escondida, se ocultaba la MADRE. La madre se ocupaba de esos genios, pagaba el alquiler y la comida y la ropa.

Recuerdo que una vez, durante una rara escapada en la que salí de mi casa, estaba en el apartamento de uno de estos POETAS. Aquello era bastante aburrido, nada que beber. El tipo decía que era injusto que no se le hubiera reconocido más ampliamente. Los editores, todo el mundo, estaban conchabados contra él. De repente me señaló con el dedo.

—¡Y tú también! ¡Tú le dijiste a Martin que no me publicara!

No era cierto. Luego siguió quejándose y largando sobre otras cosas. En ese momento sonó el teléfono.

«De repente me señaló con el dedo. "¡Y tú también! ¡Tú le dijiste a Martin que no me publicara!" No era cierto. Luego siguió quejándose y largando sobre otras cosas.

R. CRUMB '96

Lo cogió y empezó a hablar sigilosa y suavemente. Colgó y se volvió hacia mí.

—Es mi madre, viene para acá. ¡Tienes que marcharte!

—No hay problema, me gustaría conocer a tu madre.

—¡No! ¡No! ¡Es horrible! ¡Tienes que marcharte! ¡Ahora mismo! ¡Date prisa!

Cogí el ascensor y me marché. Y a ése lo borré de la lista.

Había también otro. Su madre le pagaba la comida, el coche, el seguro, el alquiler, y hasta escribía algunas de sus cosas. Increíble. Y llevaba décadas así.

Había otro individuo que siempre parecía estar muy tranquilo, y bien alimentado. Llevaba un taller de poesía en una iglesia los domingos por la tarde. Tenía un bonito apartamento. Era miembro del partido comunista. Vamos a llamarle Fred. Le pregunté a una señora mayor que acudía a su taller de poesía y le admiraba enormemente:

—Oiga, ¿cómo se gana la vida Fred?

—Bueno —me dijo—, Fred no quiere que lo sepa nadie, porque es muy reservado para estas cosas, pero se gana la vida limpiando furgones de comida.

—¿Furgones de comida?

—Sí, ya sabe, esos furgones que van por ahí vendiendo café y bocadillos durante los descansos y las horas de comer en los lugares de trabajo. Bueno, pues Fred limpia esos furgones de comida.

Pasó un par de años y luego se descubrió que Fred también era propietario de un par de edificios de apartamentos, y que vivía principalmente de las rentas. Cuando me enteré de eso me emborraché una noche y me fui al apartamento de Fred. Estaba situado encima de un pequeño teatro. Todo muy artístico. Salté del coche y llamé al timbre. No me quería contestar. Yo sabía que estaba allí arriba. Había visto moverse su sombra detrás de las cortinas. Volví al coche y empecé a hacer sonar la bocina y a gritar: «¡Eh, Fred! ¡Sal de ahí!» Lancé una botella de cerveza contra una de sus ventanas. Rebotó. Eso le hizo aparecer. Salió al pequeño balcón de su apartamento y echó una mirada miope hacia donde estaba yo.

—¡Márchate, Bukowski!

—Fred, baja aquí, que te voy a dar una patada en el culo, ¡terrateniente comunista!

Fred entró corriendo en su apartamento. Yo me quedé allí esperándole. Nada. Luego se me ocurrió que estaría llamando a la policía. Y yo a la policía ya la tenía muy vista. Me metí en el coche y regresé a mi casa.

Había otro poeta que vivía en una casa junto al mar. Bonita casa. El tipo nunca había trabajado. Yo le acosaba: «¿Cómo te lo haces? ¿Cómo te lo haces?» Finalmente, se rindió. «Mis padres tienen propiedades y yo les gestiono el cobro de los alquileres. Me pagan un sueldo.» Me imagino que un sueldo cojonudo. Pero bueno, por lo menos *aquel tipo* me lo dijo.

Algunos nunca te lo dicen. Había otro tipo. Escribía poesía que no estaba mal, pero muy poca. Siempre tenía su bonito apartamento. O estaba a punto de marcharse a Hawai o a alguna parte. Era uno de los más relajados. Siempre vestido con ropa nueva y recién planchada, zapatos nuevos. Nunca iba sin afeitar y sin el pelo cortado; tenía dientes brillantes y resplandecientes. «Venga, tío, ¿cómo te lo haces?» Jamás decía nada. Ni siquiera sonreía. Se quedaba allí de pie, en silencio.

Luego hay otro tipo de gente que vive de las subvenciones. Escribí un poema sobre uno de ellos, pero nunca lo envié por ahí, porque finalmente me dio pena de él. Éste es un fragmento del poema, todo apretujado:

Jack el del pelo colgante, Jack exigiendo dinero, Jack el del barrigón, Jack el de la voz alta, alta, Jack el del gremio, Jack el que danza delante de las damas, Jack el que cree que es un genio, Jack el que vomita, Jack el que habla mal de los que tienen suerte, Jack haciéndose cada vez más viejo, Jack exigiendo dinero todavía, Jack bajando por la estaca, Jack el que habla pero no hace nada, Jack el que se sale con la suya, Jack el que se la menea, Jack el que habla de los viejos tiempos, Jack el que habla y habla, Jack con la mano extendida, Jack el que aterroriza a los débiles, Jack el amargado, Jack el de las cafeterías, Jack exigiendo a gritos el reconocimiento, Jack el que nunca tiene trabajo, Jack el que sobrevalora completamente su valía, Jack el que grita que no se le reconoce su talento, Jack el que le echa las culpas a todos los demás.

Sabéis quién es Jack, lo visteis ayer, lo veréis mañana, lo veréis la semana que viene.

Queriéndolo todo sin hacer nada, queriéndolo gratis.

Queriendo fama, queriendo mujeres, queriéndolo todo.

Un mundo lleno de Jacks bajando por la estaca.

Ahora me he cansado de escribir sobre los poetas. Pero sí añadiré que se perjudican a sí mismos empeñándose en vivir como poetas en lugar de vivir como otra cosa. Yo trabajé de obrero hasta los 50. Metido allí dentro con la gente. Nunca afirmé ser poeta. Y no es que pretenda decir que ganarse la vida trabajando sea una maravilla. En la mayoría de los casos es horrible. Y a menudo tienes que luchar para conservar un empleo horrible, porque hay 25 tíos detrás de ti, dispuestos a aceptar ese mismo empleo. Por supuesto que no tiene sentido; por supuesto que te machaca. Pero creo que el estar metido en esa porquería me enseñó a dejarme de chorradas a la hora de ponerme a escribir. Creo que tienes que meter la cara en el barro de vez en cuando; creo que tienes que saber lo que es una cárcel, lo que es un hospital. Creo que tienes que saber lo que se siente cuando no has comido desde hace 4 o 5 días. Creo que vivir con mujeres desquiciadas es bueno para el espinazo. Creo que puedes escribir con alegría y liberación después de haber estado atrapado en la mordaza. Y todo esto lo digo porque los poetas que he conocido han sido siempre unas medusas reblandecidas y unos arribistas. De lo único que pueden escribir es de su ausencia egoísta de aguante.

Sí, me mantengo alejado de los POETAS. ¿Se me puede reprochar?

No tengo ni idea de a qué se debe. Sencillamente está ahí: un cierto sentimiento por los escritores del pasado. Y mis sentimientos ni siquiera son precisos, son simplemente míos, casi completamente inventados. Pienso en Sherwood Anderson, por ejemplo, como un individuo pequeño, de hombros ligeramente caídos. Probablemente fuera estirado y alto. No importa. Yo lo veo a mi manera. (Nunca he visto una foto de él.) A Dostoievski lo veo como un individuo de barba, tirando a gordo, con ojos de color verde oscuro que arden lentamente. Primero era demasiado gordo, luego demasiado flaco, y luego demasiado gordo. Tonterías, sin duda, pero me gustan mis tonterías. Incluso veo a Dostoievski como un individuo al que le excitaban las niñas pequeñas. A Faulkner lo veo envuelto en una luz difusa, como un chiflado y un tipo de mal aliento. A Gorki lo veo como un borracho escurridizo. A Tolstói, como un hombre que agarraba berrinches por nada. Veo a Hemingway como un individuo que practicaba ballet a escondidas. Veo a Céline como un individuo que tenía problemas para dormir. Veo a e. e. cummings como un gran jugador de billar. Podría seguir y seguir.

Estas visiones las tenía principalmente cuando era un escritor muerto de hambre, medio loco e incapaz de encajar en la sociedad. Comía muy poco, pero tenía mucho tiempo. Fueran quienes fueran los escritores, tenían magia para mí. Abrían las puertas de otra manera. Necesitaban un buen trago cuando se despertaban. La vida era una maldita carga demasiado pesada para ellos. Cada día era como caminar atravesando cemento mojado. Los convertí en mis héroes. Me alimentaba de ellos. La idea que tenía de ellos me apoyaba en medio de mi nada. Pensar en ellos era mucho mejor que leerlos. Como D. H. Lawrence. Qué hombrecillo más perverso. Sabía tanto que siempre estaba mosqueado. Encantador, encantador. Y Aldous Huxley... capacidad cerebral de sobra. Sabía tanto que le entraban dolores de cabeza.

Me estiraba en mi lecho de hambre y pensaba en aquellos individuos.

La literatura era tan... Romántica. Sí.

Pero los pintores y los compositores eran buenos también, siempre volviéndose locos, suicidándose, haciendo cosas extrañas y repulsivas. El suicidio parecía muy buena idea. Incluso yo mismo llegué a intentarlo un par de veces; fracasé, aunque estuve cerca, hice mis buenos intentos. Y ahora estoy aquí, con casi 72 años. Mis héroes desaparecieron hace mucho tiempo, y he tenido que vivir con otra gente. Algunos de los nuevos creadores, algunos de los nuevos famosos. No son lo mismo para mí. Los miro, los escucho, y pienso: ¿es esto todo lo que hay? Quiero decir, parecen encontrarse cómodos...; se quejan..., pero parecen encontrarse CÓMODOS. No hay ferocidad. Los únicos que parecen feroces son los que han fracasado como artistas y creen que el fracaso es culpa de fuerzas externas. Y lo que crean es malo, horrible.

Ya no tengo a nadie que me sirva de referencia. No puedo fijarme ni en mí mismo como referencia. Yo solía pasarme la vida entrando y saliendo de calabozos, solía derribar puertas, romper ventanas, beber 29 días al mes. Ahora me siento delante de este ordenador, con la radio puesta, escuchando música clásica. Ni siquiera estoy bebiendo esta noche. Me lo estoy tomando con calma. ¿Para qué? ¿Quiero llegar a los 80, a los 90? No me importa morir..., pero no este año, ¿vale?

No sé, sencillamente era diferente, en aquellos tiempos. Los escritores parecían más... escritores. Se hacían cosas. La Black Sun Press. Los Crosby. Y hasta yo mismo, una vez, volví atrás y me colé en aquella época. Caresse Crosby publicó uno de mis cuentos en su revista *Portfolio*, junto con Sartre, creo, y creo que Henry Miller, y puede que Camus, creo. No conservo la revista. La gente me roba. Se llevan mis cosas cuando vienen a beber conmigo. Por eso estoy solo cada vez más. En cualquier caso, tiene que haber más gente que también eche de menos los Locos Años 20, y a Gertrude Stein, y a Picasso... James Joyce, y toda la banda.

A mí me da la sensación de que no estamos avanzando como antes. Es como si hubiéramos acabado con todas las opciones, como si ya no supiéramos hacer las cosas.

Me siento aquí, enciendo un cigarrillo, escucho la música. Mi salud es buena y espero estar escribiendo tan bien como siempre, o mejor. Pero todas las demás cosas que leo parecen tan... ensayadas...; es como un estilo bien aprendido. Quizá haya leído demasiado, quizá haya leído durante demasiado tiempo. Y también, tras décadas de escritura (y yo he escrito un buen montón), cuando leo a otro escritor, creo que sé exactamente cuándo está fingiendo: las mentiras saltan de la página, el lustre sofisticado chirría... Sé cuál va a ser la siguiente línea, el siguiente párrafo... No hay fogonazos, no hay intrepidez, no hay riesgo. Es un trabajo que han aprendido, como arreglar un grifo que gotea.

Era mejor para mí cuando podía imaginar la grandeza en otros, aunque no siempre estuviera allí.

En mi mente veía a Gorki en un albergue de mala muerte, en Rusia, pidiéndole tabaco al tipo que tenía al lado. Veía a Robinson Jeffers hablando con un caballo. Veía a Faulkner contemplando el último trago de la botella. Claro, claro, era estúpido. Ser joven es ser estúpido, y el estúpido es muy viejo.

He tenido que adaptarme. Pero para todos nosotros, incluso ahora, la siguiente línea está siempre ahí, y esa línea podría ser la que finalmente rompa el cerco, la que finalmente lo diga. Podemos dormir pensando en eso durante las noches lentas, y esperar lo mejor.

Probablemente seamos tan buenos ahora como esos hijos de puta eran entonces. Y algunos de los jóvenes piensan en mí como yo pensaba en esos otros. Lo sé, recibo cartas. Las leo y las tiro. Éstos son los imponentes Noventa. Tenemos la siguiente línea. Y la línea que viene después. Hasta que no haya más.

Sí. Un cigarrillo más. Y luego creo que me daré un baño y me iré a dormir.

Mal día en el hipódromo. Mientras me dirijo hacia allá
en el coche, siempre le voy dando vueltas al sistema
que voy a utilizar. Debo de tener 6 o 7. Y no cabe
duda de que hoy he escogido el sistema equivocado.
De todas formas, nunca perderé el pellejo ni la cabeza
en el hipódromo. Sencillamente no apuesto tanto.
Años de pobreza me han hecho precavido. Ni siquiera cuando gano es como para echar las campanas al
vuelo. Sin embargo, prefiero acertar que equivocar-
me, sobre todo si se considera que estás sacrificando
horas de tu vida. Uno llega a sentir cómo se asesina el
tiempo allí fuera. Hoy se estaban acercando a la salida
para empezar la 2.ª carrera. Quedaban 3 minutos para
empezar y los caballos y jinetes se estaban acercando
lentamente. Por algún motivo me pareció que tarda-
ban una eternidad. Cuando has pasado de los 70 te
duele más que alguien se mee encima de tu tiempo.
Claro que, ya lo sé, yo me había colocado en una situación que hacía posible que me mearan encima.

Solía ir a las carreras nocturnas de galgos en Ari-
zona. Allí sí que sabían lo que hacían. Te dabas la
vuelta para pedir otra copa y ya había empezado otra
carrera. Nada de esperar 30 minutos. Zas, zas, una carrera detrás de otra. Era refrescante. El aire de la no-

che era frío y la acción era continua. No te daba la sensación de que alguien estuviera intentando serrarte las pelotas entre carreras. Y cuando todo había terminado, no estabas deshecho. Podías beber durante el resto de la noche y pelearte con tu chica.

Pero en las carreras de caballos es infernal. Yo me mantengo aislado. No hablo con nadie. Eso ayuda. Bueno, los cajeros me conocen. Me acerco a las ventanillas, uso la voz. Con los años, llegan a conocerte. Y la mayoría de ellos son bastante buena gente. Creo que sus años de tratar con la humanidad les han dado cierta clarividencia. Por ejemplo, saben que la mayor parte de la especie humana es un gran pedazo de mierda. En cualquier caso, sigo manteniendo las distancias con los cajeros. Deliberando conmigo mismo me mantengo alerta. Podría quedarme en casa y hacer lo mismo. Podría cerrar la puerta y distraerme pintando o con cualquier cosa. Pero de alguna manera necesito salir, y asegurarme de que casi toda la humanidad sigue siendo un gran pedazo de mierda. ¡Como si fueran a cambiar! No, tío, debo de estar loco. Y, sin embargo, hay algo allí fuera; quiero decir que no pienso en morirme, por ejemplo, cuando estoy allí, porque te sientes demasiado estúpido allí fuera como para poder pensar. A veces me he llevado una libreta, pensando, bueno, escribiré alguna cosa entre carreras. Imposible. El aire es plano y pesado, todos somos miembros voluntarios de un campo de concentración. Cuando llego a casa puedo pensar en la muerte. Un poco nada más. No demasiado. No me preocupa morirme, ni me arrepiento, ni nada de eso. Más que nada se parece a un trabajo pesado. ¿Cuándo? ¿La noche del miércoles que viene? ¿O cuando esté dormido? ¿O a consecuencia de la próxima horrible resaca? ¿Accidente de tráfico? Es una carga, es algo que tenemos pendiente. Y yo me marcho de aquí sin creer en Dios. Eso estará bien, puedo encajarlo de frente. Es algo que tienes que hacer, como ponerte los zapatos por la mañana. Creo que voy a echar de menos escribir. Escribir es mejor que beber. Y escribir mientras bebes, eso siempre ha hecho que bailen las paredes. Puede que exista el infierno, ¿eh? Si es así, yo estaré allí, y ¿sabéis una cosa? Todos los poetas estarán allí, leyendo sus obras, y yo tendré que escuchar. Me ahogaré entre sus pavoneos de vanidad, su desbordante autoestima. Si existe el infierno, ése será el mío: un poeta detrás de otro, leyendo sin parar...

En fin, un día especialmente malo. El sistema que normalmente me funciona no me ha funcionado. Los dioses barajan las cartas. El tiempo es mutilado y tú eres un estúpido. Pero el tiempo se hizo para malgastarlo. ¿Qué le vas a hacer? No siempre puedes funcionar a todo vapor. Te paras y arrancas. Tocas techo y luego te hundes en un pozo negro. ¿Tenéis gato? ¿O gatos? Cómo duermen, tío. Pueden dormir 20 horas al día y siempre están guapos. Saben que no hay nada por lo que merezca la pena entusiasmarse. La siguiente comida. Y algo que matar de vez en cuando. Cuando siento que todas estas fuerzas me desgarran, me dedico a mirar a uno o a varios de mis gatos. Son 9. Miro a uno de ellos, dormido o medio dormido, y me relajo. Escribir es también mi gato. La escritura me ayuda a enfrentarme con todo esto. Me relaja. Aunque sólo sea por un momento. Luego se me cruzan los cables y tengo que empezar desde cero otra vez. No entiendo a los escritores que deciden dejar de escribir. ¿Cómo se relajan?

Bueno, en el hipódromo había hoy una atmósfera de aburrimiento y de muerte, pero aquí estoy, otra vez en casa, y lo más probable es que mañana vuelva a estar allí. ¿Cómo consigo hacerlo?

En parte tiene que ver con la fuerza de la rutina, una fuerza que nos sostiene a la mayoría de nosotros. Un lugar adonde ir, algo que hacer. Se nos adiestra desde el principio. Sal fuera, métete en el ajo. A lo mejor hay algo interesante ahí fuera. Qué sueño de ignorantes. Es como cuando ligaba con mujeres en los bares. Solía pensar, quizá *ésta* sea la que estaba buscando. Otra rutina más. Y sin embargo, durante el acto sexual, pensaba: ésta es otra rutina. Estoy haciendo lo que se supone que tengo que hacer. Me sentía ridículo, pero seguía adelante en cualquier caso. ¿Qué otra cosa podía hacer? Tendría que haberme parado. Tendría que haberme echado hacia atrás y haber dicho:

—Mira, nena, estamos siendo unos estúpidos. No somos más que peones en manos de la naturaleza.

—¿Qué quieres decir?

—Lo que quiero decir, nena, es que si alguna vez has visto dos moscas follando o algo de eso.

—¡ESTÁS LOCO! ¡YO ME LARGO DE AQUÍ!

No podemos examinarnos demasiado de cerca, o dejaríamos de vivir, lo dejaríamos todo. Como esos hombres sabios que se quedan sentados en una roca y

«Y SIN EMBARGO, DURANTE EL ACTO
SEXUAL, PENSABA: ÉSTA ES OTRA RUTINA.
ESTOY HACIENDO LO QUE SE SUPONE QUE
TENGO QUE HACER. ME SENTÍA RIDÍCULO,
PERO SEGUÍA ADELANTE EN CUALQUIER CASO.
¿QUÉ OTRA COSA PODÍA HACER?»

R. CRUMB '96

no se mueven. Aunque tampoco sé si eso será tan sa-
bio. Desechan lo evidente pero algo les *hace* desechar-
lo. En cierto modo son moscas que se follan a sí mismas. No hay escapatoria, ni en la acción ni en la
inacción. No hay más remedio que darnos a nosotros
mismos por perdidos: cualquier movimiento sobre el
tablero conduce a un jaque mate.

En fin, que hoy ha sido un mal día en el hipódromo; acabé con mal sabor en la boca del alma. Pero
volveré mañana. Me da miedo no hacerlo. Porque
cuando llego luego a casa las palabras que se deslizan
por la pantalla de este ordenador realmente fascinan
mi cansado pellejo. Lo dejo para poder retomarlo.
Claro, claro. Eso es. ¿No?

Es probable que haya escrito más y mejor durante los 2 últimos años que en ninguna otra época de mi vida. Es como si después de 5 décadas de hacerlo me hubiera acercado más a hacerlo de verdad. Y sin embargo, en los 2 últimos meses he empezado a sentir cierto cansancio. El cansancio es principalmente físico, pero también tiene algo de espiritual. Puede que me esté preparando para el declive final. Es un pensamiento horrible, por supuesto. El ideal era continuar hasta el momento de mi muerte, no desvanecerme. En 1989 superé una tuberculosis. Este año he sufrido una operación en un ojo que todavía no se ha resuelto. Y tengo dolores en la pierna derecha, el tobillo, el pie. Pequeñas cosas. Cánceres de piel, aquí y allá. La muerte mordisqueándome los talones, avisándome. Soy un viejo chocho, eso es todo. Bueno, no pude matarme bebiendo. Estuve a punto, pero no lo hice. Ahora me toca vivir con lo que me queda.

Bueno, hace 3 noches que no escribo. ¿Debo volverme loco? Hasta en mis momentos más bajos siento el burbujeo de las palabras dentro de mí, preparándose. No estoy en un concurso. Nunca quise fama ni dinero. Quería poner la palabra en la página como yo quería, eso es todo. Y tenía que poner las palabras en

123

la página o me sentía superado por algo peor que la muerte. Las palabras no como algo precioso, sino como algo necesario.

Sin embargo, cuando empiezo a dudar de mi capacidad para trabajar con la palabra, simplemente leo a otro escritor y entonces sé que no tengo motivos para preocuparme. No compito más que contra mí mismo: para hacerlo bien, con potencia y fuerza y fruición y riesgo. De lo contrario, es mejor olvidarse.

He tenido el buen sentido de mantenerme aislado. Se reciben muy pocas visitas en esta casa. Mis 9 gatos corren como locos cuando aparece un humano. Y mi mujer, también, se está pareciendo cada vez más a mí. Y no es eso lo que quiero para ella. Para mí es natural. Pero para Linda, no. Me alegro cuando saca el coche y se marcha a alguna reunión. Después de todo, yo tengo mi maldito hipódromo. Siempre puedo escribir sobre el hipódromo, ese gran agujero vacío de la nada. Voy allí a sacrificarme, a mutilar las horas, a asesinarlas. Hay que matar las horas. Mientras esperas. Las horas perfectas son las que paso delante de esta máquina. Pero hay que tener horas imperfectas para obtener horas perfectas. Tienes que matar diez horas para hacer que otras dos horas vivan. De lo que tienes que tener cuidado es de no matar TODAS las horas, TODOS los años.

Te preparas para ser escritor haciendo las cosas instintivas que te alimentan a ti y a la palabra, que te protegen de la muerte en vida. Para cada uno es diferente. Y para cada uno cambia. Hubo un tiempo en que para mí significaba beber mucho, beber hasta la locura. Me ayudaba a afilar la palabra, a sacarla. Y necesitaba peligro. Necesitaba meterme en situaciones peligrosas. Con hombres. Con mujeres. Con automóviles. Con el juego. Con el hambre. Con lo que fuera. Alimentaba la palabra. Me pasé décadas así. Ahora ha cambiado. Lo que necesito ahora es más sutil, más invisible. Es una sensación que está en el aire. Palabras pronunciadas, palabras oídas. Cosas vistas. Sigo necesitando unos tragos. Pero ahora me van los matices y las sombras. Cosas de las que apenas soy consciente me alimentan con palabras. Eso es bueno. Ahora escribo un tipo de mierda diferente. Algunos se han fijado.

«Has trascendido», es lo que más me dicen.

Soy consciente de lo que perciben. Yo también lo siento. Las palabras se han hecho más sencillas pero más cálidas, más oscuras. Me alimento de fuentes nuevas. Estar cerca de la muerte te da energías. Tengo todas las ventajas. Puedo ver y sentir cosas que a los jóvenes se les ocultan. He pasado del poder de la juventud al poder de la edad. No habrá declive. No. Y ahora, si me perdonáis, me tengo que ir a la cama, es la una menos cinco de la mañana. Parloteando toda la noche. Reíos mientras podáis...

Bueno, tengo 72 años desde hace 8 días y noches y
nunca podré volver a decir lo mismo.

Ha sido un mal par de meses. Fatigado. Física y
espiritualmente. La muerte no significa nada. Es andar por ahí con el culo a rastras, es cuando las palabras no salen volando de la máquina, ésa es la jo-
dienda.

Y ahora tengo una hinchazón en el labio inferior y
debajo del labio inferior. Y no tengo energía. No he
ido al hipódromo hoy. Me he quedado en la cama.
Cansado, cansado. Los domingueros son lo peor del
hipódromo. Tengo problemas con la cara humana. Me
resulta muy difícil mirarla. Me encuentro con la suma
total de la vida de cada persona escrita allí, y es una vi-
sión horrible. Cuando uno ve miles de caras en un día,
es agotador, desde el techo de la cabeza hasta los dedos de los pies. Y en todas las entrañas. Los domingos
siempre hay mucha gente. Es el día de los aficionados.
Chillan y maldicen. Rabian. Luego se quedan sin fuerzas y se marchan, arruinados. ¿Qué esperaban?

Me operaron de cataratas en el ojo derecho hace
unos meses. La operación no fue en absoluto tan sencilla como me dieron a entender, equivocadamente,
otras personas que afirmaban que les habían operado

de los ojos. Oí a mi mujer hablar con su madre por teléfono: «¿Y dices que no duró más que unos minutos? ¿Y que volviste luego en coche a casa?» Otro individuo, un tío viejo, me dijo: «Ah, no es nada, en cuanto te quieres dar cuenta se ha terminado, y vuelves a hacer vida normal.» Otros me hablaban de la operación quitándole importancia. Era un juego de niños. Y que conste que no pedí información sobre la operación a ninguna de esas personas; se limitaron a dármela ellos. Y después de un tiempo empecé a creérmela. Aunque seguía preguntándome cómo algo tan delicado como el ojo se podía tratar más o menos como si se tratara de cortar una uña del pie.

En la primera consulta, el médico me examinó el ojo y me dijo que había que operar.

—Muy bien —dije—. Vamos allá.

—¿Qué? —me preguntó.

—Hágalo ahora. ¡Déle caña!

—Un momento —me dijo—. Primero tenemos que pedir hora en un hospital. Y luego hay que hacer otros preparativos. En primer lugar, queremos pasarle una película sobre la operación. Sólo dura unos 15 minutos.

—¿La operación?

—No, la película.

Lo que hacen es sacarte el cristalino entero del ojo y sustituirlo por un cristalino artificial. El cristalino se sutura en posición y el ojo tiene que adaptarse y recuperarse. Después de unas 3 semanas te quitan los puntos. No es ningún juego de niños, y la operación dura mucho más que «un par de minutos».

En cualquier caso, después de que me operaran, la madre de mi mujer dijo que ella probablemente se hubiera estado refiriendo a un procedimiento postoperatorio. ¿Y el tipo viejo?

—¿Cuánto tiempo te llevó recuperar la vista en condiciones después de la operación? —le pregunté.

—No estoy tan seguro de que me operaran —dijo.

Y a lo mejor a mí se me ha hinchado el labio por beber del cuenco de agua del gato.

Me encuentro un poco mejor esta noche. Seis días de hipódromo a la semana pueden quemar a cualquiera. Probadlo alguna vez. Y luego llegáis y os ponéis a trabajar en vuestra novela.

¿O será que la muerte me está enviando señales?

El otro día estaba pensando en el mundo sin mí. Ahí está el mundo, siguiendo con sus cosas. Y yo no estoy allí. Muy extraño. Pensar en el camión de la basura, que pasa a recoger la basura, y yo no estoy allí. O en el periódico, tirado a la entrada de mi casa, y yo no estoy allí para recogerlo. Imposible. Pero lo peor de todo es que algún tiempo después de mi muerte se me va a descubrir de verdad. Todos los que me tenían miedo o me odiaban cuando estaba vivo abrazarán de repente mi memoria. Mis palabras estarán en todas partes. Se crearán clubs y sociedades. Será como para ponerse enfermo. Se hará una película de mi vida. Me pintarán mucho más valiente de lo que soy, y con mucho más talento del que tengo. Mucho más. Será como para hacer vomitar a los dioses. La especie humana lo exagera todo: a sus héroes, a sus enemigos, su importancia.

Esos cabrones. Toma, ya me siento mejor. Maldita especie humana. Toma, ya me siento mejor.

La noche empieza a refrescar. Puede que pague el recibo del gas. Recuerdo que en el distrito Sur-Centro de Los Ángeles le pegaron un tiro a una señora que se llamaba Love por no pagar el recibo del gas. La compañía quería cortarle el suministro. Ella se resistió. No recuerdo con qué. Quizá con una pala. Llegaron los polis. No me acuerdo de cómo fue. Creo que la mujer echó mano de algo que llevaba en el delantal. Dispararon y la mataron.

Está bien, está bien, pagaré el recibo del gas.

Me preocupa la novela. Es sobre un detective. Pero no hago más que meterlo en una serie de situaciones casi imposibles, y luego tengo que sacarlo de ellas. A veces pienso cómo lo voy a sacar mientras estoy en el hipódromo. Y sé que mi editor está intrigado. A lo mejor piensa que la obra no es literaria. Yo digo que cualquier cosa que haga es literaria aunque intente hacer que no lo sea. A estas alturas, ya debería fiarse de mí. Bueno, si él no la quiere, se la coloco a otro. Se venderá tan bien como cualquier otra cosa que yo haya escrito, y no porque sea mejor, sino porque es tan buena, y mis locos lectores la están esperando.

En fin, puede que si duermo bien esta noche me despierte por la mañana sin el labio hinchado. ¿Os imagináis que me acerque a la ventanilla, en el hipódromo, con el labio todo hinchado, y le diga al tipo «20 a ganador al caballo número 6»? Sí, claro. Ya lo sé. No se daría ni cuenta. Mi mujer me preguntó: «Pero el labio ¿no lo has tenido siempre así?»

La madre de Dios.

¿Sabíais que los gatos duermen 20 horas de cada 24? No me sorprende que tengan mejor aspecto que yo.

Hay miles de trampas en la vida, y la mayoría de nosotros caemos en muchas de ellas. La idea, no obstante, es evitar tantas como sea posible. Hacerlo te ayuda a mantenerte tan vivo como puedas hasta que te mueras...

La carta llegó de las oficinas de una de las grandes cadenas de televisión. Era bastante sencilla, y decía que cierto individuo —llamémosle Joe Singer— quería venir a verme. Para hablar de ciertas posibilidades. En la primera página de la carta había pegados 2 billetes de cien dólares. En la segunda página había otros cien. Yo salía para el hipódromo en ese momento. Comprobé que los billetes de cien dólares se despegaban de las páginas muy bien, sin resultar dañados. Había un número de teléfono. Decidí llamar a Joe Singer esa noche, después de las carreras.

Y así lo hice. El tono de Joe era informal y relajado. La idea, me dijo, era crear una serie de televisión basada en un escritor como yo. Un tipo viejo que seguía escribiendo, bebiendo, apostando a los caballos.

—¿Por qué no nos vemos y hablamos? —me preguntó.

—Tendrás que venir aquí —dije—. Por la noche.

—Muy bien —dijo—. ¿Cuándo?

—Pasado mañana por la noche.

—De acuerdo. ¿Sabes quién quiero que te interprete a ti?

—¿Quién?

Mencionó el nombre de un actor, llamémosle Harry Dane. Siempre me gustó Harry Dane.

—Estupendo —dije—. Y gracias por los 300 dólares.

—Queríamos atraer tu atención.

—Lo conseguisteis.

Bueno, llegó la noche acordada y allí estaba Joe Singer. Parecía bastante agradable, inteligente, relajado. Bebimos y charlamos, de caballos y diversas cosas. No mucho de series de televisión. Linda, mi mujer, estaba con nosotros.

—Pero cuéntanos más de la serie —dijo.

—Tranquila, Linda —dije—. Estamos rompiendo el hielo...

Creo que Joe Singer había venido más o menos a ver si yo estaba loco.

—Muy bien —dijo, echando mano de un maletín—, aquí tengo un borrador de la idea...

Me entregó 4 o 5 hojas de papel. Se trataba más que nada de una descripción del personaje principal, y me pareció que me habían retratado bastante bien. El viejo escritor vivía con una chica recién licenciada, y ella hacía todo su trabajo sucio, le organizaba recitales y cosas de ésas.

—Los de la cadena de televisión querían que metiéramos a una chica joven, ya sabes —dijo Joe.

134

—Ya —dije.

Linda no dijo nada.

—Bueno —dijo Joe—, tú échale otro vistazo a esto. Hay también algunas ideas, ideas para argumentos; cada episodio tendrá un enfoque diferente, ya sabes, pero todo estará basado en tu personaje.

—Ya —dije. Pero estaba empezando a inquietarme un poco.

Bebimos durante un par de horas más. No recuerdo gran cosa de la conversación. Simple charla. Y la noche tocó a su fin...

Al siguiente, después de las carreras, le eché un vistazo a la página que recogía las ideas para los distintos episodios de la serie.

1. Los deseos de Hank de cenar langosta se ven frustrados por activistas defensores de los derechos de los animales.

2. Una secretaria arruina las posibilidades que se le habían presentado a Hank para enrollarse con una admiradora de su poesía.

3. En honor a Hemingway, Hank se acuesta con una fulana llamada Millie, cuyo marido, que es jockey, quiere pagarle por seguir acostándose con ella. Debe de haber una trampa.

4. Hank accede a que un joven artista le pinte un retrato; el pintor lo presiona hasta hacerle confesar sus propias experiencias homosexuales.

5. Un amigo de Hank quiere convencerlo para

que invierta en su último proyecto: un sistema para el aprovechamiento industrial de vómitos reciclados.

Llamé a Joe por teléfono.

—Me cago en la puta, tío, ¿qué es eso de una experiencia homosexual? No he tenido ninguna.

—Bueno, no tenemos por qué usar esa idea.

—Sí, mejor que no lo hagamos. Oye, mira, ya te llamaré, Joe.

Colgué el teléfono. Las cosas se estaban poniendo raras.

Llamé por teléfono a Harry Dane, el actor. Harry había estado en mi casa dos o tres veces. Tenía una cara grande y curtida y hablaba claro. Era muy poco afectado. Me caía bien.

—Harry —le dije—, hay un equipo de televisión, una cadena, que quiere hacer una serie basada en mí, y quieren que tú interpretes mi personaje. ¿Has tenido noticias suyas?

—No.

—He pensado que quizá podrías reunirte con el tipo ese de la serie, y a ver qué pasa.

—¿Qué cadena es?

Le dije la cadena.

—Pero eso es televisión comercial, censura, anuncios, risas grabadas.

—El tipo este, Joe Singer, afirma que tienen mucha libertad de acción.

—Hay censura, no puedes ofender a los anunciantes.

—Lo que más me gustó es que te quería a ti para el papel principal. ¿Por qué no vienes por casa y hablas con él?

—Me gusta lo que escribes, Hank. Si pudiéramos hacerlo para una cadena de televisión por cable, puede que saliera bien.

—Bueno, sí. Pero ¿por qué no vienes por casa, a ver lo que te cuenta? Hace tiempo que no nos vemos.

—Sí, es verdad. Bueno, iré, pero más que nada para veros a ti y a Linda.

—Muy bien. ¿Qué te parece pasado mañana por la noche? Yo lo arreglo todo.

—De acuerdo —dijo.

Llamé a Joe Singer.

—Joe. Pasado mañana por la noche, a las 9. Va a venir Harry Dane.

—Muy bien, estupendo. Podemos enviar una limusina a recogerle.

—¿Vendría él solo en la limusina?

—A lo mejor. O a lo mejor viene gente nuestra con él.

—Bueno, no sé. Deja que te vuelva a llamar...

—Harry, quieren enrollarte, quieren enviar una limusina a recogerte.

—¿Sería para mí solo?

—El tipo ese no estaba seguro.

—¿Me puedes dar su número de teléfono?

—Sí, claro.

Y eso fue todo.

Cuando llegué de las carreras al día siguiente, Linda me dijo:

—Ha llamado Harry Dane. Hablamos de lo de la tele. Me preguntó si necesitábamos dinero. Le dije que no.

—¿Sigue en pie lo de venir mañana?

—Sí.

Al día siguiente volví un poco más temprano del hipódromo. Decidí meterme en el jacuzzi. Linda estaba fuera, probablemente comprando bebidas para la reunión. A mí, por mi parte, empezaba a asustarme lo de la serie de televisión. Podían joderme vivo. Viejo escritor hace esto. Viejo escritor hace lo otro. Risas. Viejo escritor se emborracha y no llega a un recital de poesía. Bueno, eso no estaría tan mal. Pero yo no iba a querer escribir aquella mierda, así que los guiones no iban a ser tan buenos. Yo había escrito durante décadas en cuartuchos, había dormido en los bancos de los parques, había pululado en los bares, había desempeñado los más estúpidos trabajos, dedicándome al mismo tiempo a escribir, y a escribir exactamente como yo quería y como consideraba que debía hacerlo. Mi obra, finalmente, estaba siendo reconocida. Y seguía escribiendo como quería y como consideraba que debía hacerlo. Seguía escribiendo para no volverme loco; seguía escribiendo, intentando explicarme esta maldita vida a mí mismo. Y allí me teníais, dejándome engatusar para hacer una serie televisiva para una cadena comercial. Lo que tantos esfuerzos me había costado podía acabar barrido por las carcajadas de una comedia de situaciones con risas grabadas. Dios mío, Dios mío.

Me desvestí y salí fuera para meterme en el jacuzzi. Iba pensando en la serie de televisión, en mi pasado, en mi presente, y en todo lo demás. Estaba un poco distraído. Me metí en el jacuzzi por el lado equivocado.

Me di cuenta en cuanto metí los pies en el agua. No había escalones en ese lado. Ocurrió muy deprisa. Más adentro había una pequeña plataforma para sentarse. Puse el pie derecho encima, resbalé, y perdí el equilibrio.

«Te vas a golpear la cabeza contra el borde del jacuzzi», pensé.

Me concentré en echar la cabeza hacia delante mientras caía, y al infierno con todo los demás. Mi pierna derecha absorbió el grueso de la caída; me la doblé, pero conseguí evitar golpearme la cabeza contra el borde. Luego me quedé flotando en el agua burbujeante, sintiendo las punzadas de dolor en la pierna derecha. Ya me dolía antes, y ahora la tenía fastidiada de verdad. Toda aquella situación me hizo sentirme estúpido. Podría haber perdido el conocimiento. Podría haberme ahogado. Linda hubiera regresado y me hubiera encontrado flotando, muerto.

FAMOSO ESCRITOR, EX POETA CALLEJERO Y BORRA-
CHO, ENCONTRADO MUERTO EN SU JACUZZI. ACABABA DE
FIRMAR UN CONTRATO PARA UNA COMEDIA DE SITUACIO-
NES BASADA EN SU VIDA.

A eso ni siquiera se le puede llamar un final inno-
ble. Eso es sencillamente que los dioses te caguen encima por completo.

Conseguí salir del jacuzzi y entrar en casa. Casi no
podía andar. Cada paso que daba con la derecha me
arrancaba un terrible dolor que me subía por la pierna, desde el tobillo hasta la rodilla. Fui cojeando hasta la nevera y saqué una cerveza...

Harry Dane llegó primero. Había venido en su
propio coche. Sacamos el vino y empecé a servir copas. Cuando llegó Joe Singer ya nos habíamos tomado
unas cuantas. Hice las presentaciones. Joe le explicó a
Harry las características generales de la serie televisiva
propuesta. Harry estaba fumando y bebiéndose el
vino con bastante prisa.

—Sí, sí —decía—, pero ¿con banda sonora? Y
Hank y yo tendríamos que tener un control total del
material. Y luego, no sé. Está la censura...

—¿Censura? ¿Qué censura? —preguntó Joe.

—Los patrocinadores. Tienes que complacer a los
patrocinadores. Hay un límite que no puedes traspa-
sar con el material que tratas.

—Tendremos plena libertad —dijo Joe.

—Es imposible —dijo Harry.

—Las risas grabadas son horribles —dijo Linda.

—Sí —dije yo.

—Y, además —dijo Harry—, yo he trabajado en series de televisión. Es un agobio, te ocupa horas y horas todos los días, es peor que rodar una película. Es un trabajo duro.

Joe no contestó.

Todos seguimos bebiendo. Pasó un par de horas. Las mismas cosas parecieron repetirse una y otra vez. Harry decía que quizá deberíamos plantearle el proyecto a una cadena de televisión por cable. Y que las risas grabadas eran horrorosas. Y Joe decía que todo saldría bien, que en la televisión comercial había libertad de sobra, que los tiempos habían cambiado. Era realmente aburrido, realmente espantoso. Harry le estaba pegando al vino a base de bien. Luego empezó a hablar de los problemas del mundo, y de las principales causas que los provocaban. Tenía una frase determinada que repetía bastante a menudo. Era una buena frase. Desgraciadamente, era tan buena que se me ha olvidado. Pero Harry seguía largando.

De repente Joe se puso de pie de un salto.

—¡Maldita sea! ¡Vosotros también habéis hecho un montón de películas malas! ¡La televisión ha hecho algunas cosas buenas! ¡No todo lo que hacemos es putrefacto! ¡Vosotros no hacéis más que sacar películas de mierda!

Luego entró corriendo en el baño.

Harry me miró e hizo una mueca.

—Oye, se ha mosqueado, ¿eh?

—Sí, Harry.

Serví más vino. Nos quedamos sentados, esperando. Joe Singer se quedó en el baño mucho tiempo.

Cuando salió, Harry lo llevó aparte y estuvo hablando con él. No oí lo que decían. Creo que Harry sentía pena de él. Poco después, Singer empezó a recoger sus cosas y a meterlas en el maletín. De camino a la puerta, se volvió hacia mí.

—Te llamaré —me dijo.

—Muy bien, Joe.

Y luego ya se había marchado.

Linda, yo y Harry seguimos bebiendo. Harry siguió hablando de los problemas del mundo, y repitiendo esa frase suya tan buena que se me ha olvidado. No hablamos demasiado de la serie televisiva. Cuando Harry se marchó, nos preocupó que cogiera el coche. Le dijimos que podía quedarse. Rechazó la invitación. Dijo que llegaría sin problemas. Afortunadamente, así fue.

Joe Singer llamó al día siguiente por la tarde.

—Oye, mira, no necesitamos a ese tipo. No quiere trabajar. Podemos buscar a otro.

—Pero Joe, una de las principales razones por las que me interesé en un principio fue la posibilidad de contar con Harry Dane.

—Podemos buscar a otro. Ya te escribiré, te enviaré una lista, voy a trabajar en ello.

—No sé, Joe...

—Te escribiré. Y oye, he hablado con la gente y me han dicho que vale, que nada de risas grabadas. E incluso me han dicho que podíamos ir a una cadena de televisión por cable. Y eso me ha sorprendido, porque trabajo para ellos, no para una cadena de televisión por cable. De todas formas, te enviaré una lista de actores...

—Muy bien, Joe...

Seguía metido en el berenjenal. Ahora quería escapar, pero no sabía cómo decírselo a Joe. Cosa que me sorprendía, porque normalmente se me daba muy bien quitarme a la gente de encima. Me sentía culpable, porque probablemente Joe había invertido ya mucho trabajo en el asunto. Y, en un principio, ante la sugerencia inicial, es probable que la idea de una serie basada principalmente en mí hubiera halagado mi vanidad. Pero ahora ya no me parecía una buena idea. Me sentía incómodo con todo el asunto.

Un par de días después llegaron las fotos de los actores, una pila de ellas, con un círculo trazado alrededor de los favoritos. El número de teléfono del agente se incluía junto a la foto de cada actor. Me repugnaba mirar todas aquellas caras, la mayoría de ellas sonrientes. Eran caras sin carácter, vacías, muy al estilo de Hollywood, absolutamente horripilantes.

Junto con las fotos venía una breve nota:

«... me marcho 3 semanas de vacaciones. Cuando vuelva me voy a poner con todo esto en serio...»

Las caras fueron la gota que colmó el vaso. Ya no podía con todo aquello. Me senté ante el ordenador y lo solté todo.

«ME REPUGNABA MIRAR TODAS
AQUELLAS CARAS, LA MAYORÍA DE ELLAS
SONRIENTES. ERAN CARAS SIN CARÁCTER,
VACÍAS, MUY AL ESTILO DE HOLLYWOOD,
ABSOLUTAMENTE HORRIPILANTES.»

R. CRUMB '96

«... He estado pensando detenidamente en tu proyecto y, francamente, no puedo hacerlo. Significaría el fin de mi vida tal como la he vivido y he querido vivirla. Es una intrusión demasiado grande en mi existencia. Me haría muy infeliz, me deprimiría. Esta sensación me ha ido embargando poco a poco, pero no sabía muy bien cómo explicártela. Cuando tú y Harry Dane discutisteis la otra noche, me alegré mucho, pensé que por fin todo se había terminado. Pero ahora vuelves a la carga con una nueva lista de actores. Quiero olvidarme de esto, Joe, no puedo soportarlo. Lo presentí desde el principio, y esa sensación se fue haciendo cada vez más fuerte a medida que avanzaban las cosas. No es que tenga nada contra ti, eres un joven inteligente que quiere inyectarle sangre nueva al panorama televisivo; pero que no sea la mía. Puede que no entiendas mis temores, pero créeme, son de lo más real. Debería sentirme honrado de que quieras exhibir mi vida ante las masas, pero, de verdad, la idea me aterroriza, tengo la sensación de que mi vida misma está en peligro. Tengo que escapar de esto. No puedo dormir por las noches, no puedo pensar, no puedo hacer nada.

Te lo ruego, nada de llamadas telefónicas, ni de cartas. Nada puede cambiar esta decisión.»

Al día siguiente, de camino al hipódromo, eché la carta a un buzón. Me sentí renacer. Puede que aún tuviera que luchar un poco más para verme completamente libre. Pero estaba dispuesto incluso a acudir a los tribunales. Lo que fuera. En cierto modo me daba pena Joe Singer. Pero, maldita sea, era libre otra vez.

En la autopista encendí la radio y tuve la suerte de dar con algo de Mozart. La vida podía ser buena en ocasiones, pero a veces eso dependía en parte de nosotros.

Estaba bajando por las escaleras mecánicas, en el hipódromo, después de la 6.ª carrera, cuando me vio el camarero.

—¿Ya se marcha?

—A vosotros no os haría eso, *amigo* —le dije.

Aquellos pobres tipos tenían que llevar la comida desde la cocina del hipódromo hasta los pisos de arriba, cargando con enormes cantidades de bandejas. Cuando los clientes se marchaban sin pagar, tenían que pagar ellos la cuenta de su bolsillo. Algunas de esas mesas eran de cuatro personas. Los camareros podían trabajar todo un día y seguir debiéndole dinero al hipódromo. Y los días de mucha gente eran los peores, porque los camareros no podían vigilar a todo el mundo. Y en las ocasiones en que sí les pagaban, los clientes eran agarrados con las propinas.

Bajé a la planta baja, salí fuera y me puse al sol. Se estaba de maravilla allí fuera. Pensé en que no sería mala idea venir al hipódromo sólo a tomar el sol. Raras veces pensaba en la escritura cuando estaba allí, pero en ese momento sí lo hice. Pensé en algo que había leído hacía poco, donde se decía que yo era probablemente el poeta que más vendía de Norteamérica y el más influyente, el más copiado. Qué extraño. Bueno, al diablo con eso. Lo único que contaba era la siguiente sesión ante el ordenador. Si podía seguir haciéndolo, estaba vivo; si no, todo lo anterior significaba muy poco para mí. Pero ¿qué hacía, pensando en la escritura? Estaba perdiendo la cabeza. Yo no pensaba en la escritura ni cuando estaba escribiendo. Luego oí que anunciaban la siguiente carrera; me di la vuelta, entré dentro y me subí en las escaleras mecánicas otra vez. Mientras subía, pasé junto a un individuo que me debía dinero. El tipo agachó la cabeza. Yo hice como que no lo veía. No servía de nada que me pagara lo que me debía, porque lo único que hacía era pedírmelo prestado otra vez. Ese mismo día se me había acercado un tipo viejo: «¡Dame 60 centavos!» Eso le daba para una apuesta de dos dólares, una posibilidad más para soñar. El hipódromo era un sitio triste y maldito, pero casi todos los sitios lo eran. No había adónde ir. Bueno, sí había sitios; podías meterte en tu cuarto y cerrar la puerta, pero entonces se te deprimía la mujer. O se te deprimía más aún de lo que ya estaba. Norteamérica era la Tierra de las Esposas Deprimidas. Y la culpa era de los hombres. Claro. ¿Quién más había? No se le podía echar la culpa a los pájaros, a los perros, a los gatos, a las lombrices, a los ratones, a las arañas, a los peces, a los etc. La culpa era de los hombres. Y los hombres no podían permitirse el lujo de deprimirse, porque si lo hacían se hundía el barco entero. Bueno, qué carajo.

Regresé a mi mesa. En la mesa de al lado había tres hombres con un niño pequeño. En cada mesa había un pequeño monitor de televisión, sólo que el

«Mientras subía, pasé junto a un individuo que me debía dinero. El tipo agachó la cabeza. Yo hice como que no lo veía.»

R. CRUMB '96

suyo estaba a TODO VOLUMEN. El crío estaba viendo no sé qué serie, y que aquellos hombres le dejaran ver el programa era ciertamente muy amable por su parte. Pero el crío no prestaba atención al programa, no escuchaba, estaba allí sentado jugueteando con un pedazo enrollado de papel. Lo hizo botar contra unos vasos, y luego lo cogió y lo tiró dentro de un vaso, y de otro. Algunos de los vasos estaban llenos de café. Pero los hombres seguían allí, hablando de caballos. Dios mío, la tele aquella estaba a TODO VOLUMEN. Pensé en decirles algo a los hombres, pedirles que bajaran un poco la tele. Pero eran negros, y me acusarían de racista. Me levanté de la mesa y me acerqué a las ventanillas de las apuestas. No tuve suerte, me tocó una cola de las lentas. En la ventanilla había un viejo que tenía problemas con sus apuestas. Tenía el formulario de carreras desplegado en el mostrador, junto con el programa de ese día, y no se acababa de aclarar. Probablemente viviera en un hogar para ancianos o en algún asilo, pero había salido a pasar un día en las carreras. Bueno, no hay una ley que prohíba eso, ni que prohíba estar hecho un lío. Pero, de alguna manera, aquello me dolía. Dios, pensé, no tengo por qué sufrir esto. Me conocía de memoria el cogote de aquel viejo, las orejas, la ropa que llevaba, su espalda doblada. Los caballos se acercaban a la salida. Todo el mundo le estaba gritando al viejo. Él ni se enteraba. Luego, penosamente, le vimos sacar lentamente la cartera. Cámara lenta, lenta. La abrió y echó un vistazo dentro. Luego metió los dedos en su interior. No quiero ni seguir con el resto. Finalmente, pagó, y el cajero le entregó lentamente la vuelta. El viejo se quedó allí mirando el dinero y los billetes, se volvió hacia el cajero y le dijo: «No, yo quería la exacta 6-4, no esto...» Alguien gritó una obscenidad. Yo me marché. Los caballos cruzaron de un salto la línea de salida y yo fui al servicio a echar una meada.

Cuando volví, el camarero ya me había preparado la cuenta. Le pagué y le di una propina del 20 % y las gracias.

—Nos vemos mañana, *amigo* —dijo.

—Puede que sí —dije.

—Ya verá cómo viene —me dijo.

Las carreras siguieron su curso. Yo aposté temprano a la 9.ª y me marché. Me marché diez minutos antes de que terminara. Me metí en el coche y salí de allí. Al final del aparcamiento, junto a la señal de Century Boulevard, había una ambulancia, un camión de bomberos y dos coches de la policía. Dos vehículos habían chocado de frente. Había cristal por todas partes, y los coches estaban completamente retorcidos. Alguien había tenido prisa por entrar y alguien había tenido prisa por salir. Jugadores.

Rodeé los coches entrechocados y giré a la izquierda por Century.

Otro día tiroteado en la cabeza y enterrado. Era sábado por la tarde en el infierno. Me moví hacia adelante con los demás.

Y luego hablan del bloqueo del escritor. Creo que me mordió una araña. Tres veces. Me vi 3 grandes marcas rojas en el brazo izquierdo la noche del 08/09/92. A eso de las 9. Sentía un ligero dolor al tacto. Decidí no hacer caso. Pero a los 15 minutos le enseñé las marcas a Linda. Ella había tenido que ir a Urgencias ese mismo día. Algo le había picado en la espalda. Ahora eran más de las 9, todo estaba cerrado excepto el Servicio de Urgencias del hospital local. Yo ya había estado allí antes: me había caído a una chimenea encendida estando borracho. No me había caído directamente al fuego, sino a la superficie caliente, con pantalones cortos. Y ahora esto. Estas marcas.

—Creo que me sentiría un poco ridículo si voy allí sólo por estas marcas. Les entra gente cubierta de sangre, que ha sufrido accidentes de coche, apuñalamientos, tiroteos, intentos de suicidio, y yo lo único que tengo son las 3 marcas estas.

—No quiero despertarme por la mañana con un marido muerto —dijo Linda.

Me lo pensé unos 15 minutos.

—Muy bien, vamos —dije.

Aquello estaba muy tranquilo. La señora del mostrador estaba hablando por teléfono. Estuvo al teléfono bastante tiempo. Luego terminó de hablar.

—¿Sí? —nos preguntó.

—Creo que me ha picado algo —dije—. A lo mejor hay que echarle un vistazo.

Le di mi nombre. Estaba metido en el ordenador. Última visita: cuando tuve la tuberculosis.

Entré en una sala. La enfermera hizo lo de costumbre. Tensión arterial. Temperatura.

Luego el médico. Me examinó las marcas.

—Parece de una araña —dijo—. Suelen morder 3 veces.

Me pusieron una inyección antitetánica y me prescribieron antibióticos y Benadryl.

Pasamos por una farmacia que abría toda la noche para comprar los medicamentos.

Tenía que tomar una cápsula de Duricef 500 mg cada 12 horas. El Benadryl, una cada 4 o 6 horas.

Y empecé. Y esto es a lo que iba. Un día después o así empecé a sentirme como cuando estuve tomando los antibióticos para la tuberculosis. Sólo que en aquella ocasión, debido a mi estado general de debilidad, apenas podía subir y bajar por las escaleras, y me tenía que ayudar agarrándome a la barandilla. Ahora era sólo la sensación de náusea, la flojera mental. El cuerpo entero enfermo, la mente entera aplanada. Al tercer día me senté al ordenador para ver si salía algo. Y allí me quedé, sentado. Así es como debe sentirse uno, pensé, cuando finalmente te abandona. Y no puedes hacer nada. A los 72 años, siempre era posible que me abandonara. La capacidad de escribir. Era un miedo. Y no se trataba de la fama. Ni del dinero. Se trataba de mí. Necesitaba el desahogo, el entretenimiento, la liberación de la escritura. La seguridad de la escritura. Aquel maldito trabajo. Todo el pasado no significaba nada. La reputación no significaba nada. Lo único que importaba era la siguiente línea. Y si la siguiente línea no llegaba, estaba muerto, aunque técnicamente estuviera vivo.

Han pasado ya 24 horas desde que dejé de tomar los antibióticos, pero sigo sintiéndome bajo, un poco enfermo. A esto que escribo le falta chispa y riesgo. Qué le vamos a hacer, chico.

Ahora, mañana, tengo que ir a ver a mi médico de cabecera para que me diga si necesito más antibióticos o qué. Sigo teniendo las marcas, aunque ya no son tan grandes. ¿Quién sabe qué demonios puede pasar?

Ah, sí. Justo cuando me marchaba, la amable señora del mostrador de recepción empezó a hablar de picaduras de araña.

—Sí, tuvimos aquí a un chico, una vez, de unos veinte años. Le picó una araña, y ahora está paralizado de la cintura para arriba.

—¿En serio? —le pregunté.

—Sí —dijo—. Y luego tuvimos otro caso. Un hombre que...

—No importa —le dije—. Tenemos que marcharnos.

—Bueno —dijo—, que tengan una buena noche.

—Y usted también —dije.

155

Me siento envenenado esta noche, meado encima, usado, desgastado hasta el forro. No es solamente la vejez, aunque pueda tener algo que ver. Creo que la multitud, esa multitud, la Humanidad, que siempre me ha resultado difícil de soportar, está ganando finalmente la partida. Creo que el gran problema es que para ellos todo es una repetición de la jugada. No tienen frescura. Ni el más pequeño de los milagros. Se arrastran hacia adelante y me pasan por encima. Si tan sólo, por un día, viera a UNA persona hacer o decir algo que se saliera de lo habitual, me ayudaría a sobrellevar las cosas. Pero están rancios, llenos de mugre. No hay la más mínima elevación. Ojos, orejas, piernas, voces, pero... nada. Se coagulan dentro de sí mismos, se engañan para ir tirando, fingiendo estar vivos.

Era mejor cuando era joven, y aún seguía buscando. Merodeaba por las calles de la noche, buscando, buscando...; alternando, peleándome, buscando... No encontré nada. Pero el cuadro completo, la nada, todavía no se habían perfilado. Nunca encontré realmente a un amigo. En cuanto a las mujeres, había esperanza cuando conocía a una nueva, pero sólo al principio. Desde muy joven lo entendí, dejé de buscar a la Chica de Ensueño; sólo quería una que no fuera una pesadilla.

Con la gente, sólo encontré a los vivos que ahora estaban muertos; en los libros, en la música clásica. Pero eso me ayudó, durante un tiempo. Pero no había más que un número limitado de libros estimulantes y mágicos, y luego se acababa. La música clásica era mi principal refugio. Escuchaba la mayor parte de ella en la radio, y sigo haciéndolo. Y nunca deja de sorprenderme, incluso ahora, cuando oigo algo fuerte y nuevo que no había oído antes, y ocurre bastante a menudo. Mientras escribo esto estoy escuchando en la radio algo que no había oído hasta ahora. Me regalo con cada nota como un hombre hambriento de una nueva oleada de sangre y significado, y ahí está. Toda esta masa de música sublime, siglos y siglos de música, me deja completamente maravillado. Debe de ser que una vez vivieron muchos grandes espíritus. No me lo acabo de explicar, pero es mi gran suerte en la vida, tener esto, sentir esto, alimentarme de ello y celebrarlo. Nunca escribo nada sin la radio puesta, con música clásica sintonizada; siempre ha sido parte de mi trabajo, escuchar esta música mientras escribo. Quizá, algún día, alguien me explique por qué una parte tan grande de la energía del Milagro se encuentra en la música clásica. Dudo que alguien me lo diga alguna vez. Siempre tendré que preguntármelo. ¿Por qué, por qué, por qué no hay más libros que tengan ese poder? ¿Qué les pasa a los escritores? ¿Por qué hay tan pocos buenos?

La música rock no me dice nada. Fui a un concierto de rock, más que nada por contentar a mi mujer, Linda. Sí, claro, soy un buen tipo, ¿eh? ¿Eh? Bueno, las entradas eran gratis, cortesía de un músico de rock que lee mis libros. Íbamos a estar en un reservado especial con los peces gordos. Un director, antiguo actor, vino a recogernos en su furgoneta. Venía otro actor con él. Gente con talento, a su manera, y no mala, como seres humanos. Fuimos a casa del director, donde le esperaba la mujer que vivía con él. Vimos a su bebé y luego salimos todos para allá en una limusina. Copas, charla. El concierto era en el estadio de los Dodgers. Llegamos tarde. El grupo de rock ya estaba tocando, a todo volumen, un sonido ensordecedor. 25.000 personas. Aquello vibraba, pero las vibraciones duraban poco. Era bastante simplista. Supongo que las letras no estaban mal, si conseguías entenderlas. Probablemente hablaran de Causas, Decencias, Amor encontrado y perdido, etc. La gente necesita eso: estar contra el *establishment*, contra los padres, contra algo. Pero un grupo de éxito, y millonario, como ése, y al margen de lo que dijera, YA FORMABA PARTE DEL *establishment*.

Luego, después de un rato, el cantante gritó: «¡Este concierto está dedicado a Linda y Charles Bukowski!» 25.000 personas vitorearon como si supieran quiénes éramos. Es para reírse.

Las grandes estrellas de cine pululaban por ahí. A mí ya me las habían presentado en otras ocasiones. Eso me preocupaba. Me preocupaba que vinieran directores y actores a casa. Me disgustaba Hollywood, el cine raramente me decía nada. ¿Qué hacía yo con aquella gente? ¿Habrían conseguido engatusarme? ¿72 años de justa lucha, para que luego te engatusen?

El concierto casi había terminado, y seguimos al director hasta el bar de la sala VIP. Estábamos entre los elegidos. ¡Qué bien!

Había mesas allí dentro, y una barra. Y famosos. Me acerqué a la barra. Las copas eran gratis. El camarero era un negro enorme. Le pedí una copa y le dije:

—En cuanto me beba esto, salimos fuera y nos medimos con los puños.

El camarero sonrió.

—¡Bukowski!

—¿Me conoces?

—Yo leía tus «Escritos de un viejo indecente» en el *L.A. Free Press* y en *Open City*.

—No me jodas...

Nos dimos la mano. La pelea quedó cancelada.

Linda y yo hablamos con diversas personas, no sé de qué. Yo no hacía más que volver una y otra vez a la barra para pedir otro vodka con 7-Up. El camarero me los servía bien cargados. Y ya me había puesto a tono en la limusina, de camino hacia el concierto. La noche me fue resultando más fácil de soportar, sólo se trataba de seguir bebiendo copas bien cargadas, deprisa y a menudo.

Cuando llegó la estrella de rock yo ya estaba bastante ido pero aguantando todavía. Se sentó conmigo y hablamos pero no sé de qué. Luego llegó la hora del fundido en negro. Por lo visto nos marchamos. Sólo sé lo que me contaron más tarde. La limusina nos llevó a

160

«**E**L CAMARERO ERA UN NEGRO ENORME. LE
PEDÍ UNA COPA Y LE DIJE: "EN CUANTO ME
BEBA ESTO, SALIMOS FUERA Y NOS MEDIMOS
CON LOS PUÑOS."»

casa pero cuando subí las escaleras para entrar me caí y me partí la cabeza en los ladrillos. Acabábamos de poner esos ladrillos. Tenía el lado derecho de la cabeza ensangrentado y me había hecho daño en la mano derecha y la espalda.

Me enteré de la mayoría de los detalles por la mañana, cuando me levanté para echar una meada. Allí estaba el espejo. Tenía el mismo aspecto que en los viejos tiempos, después de las peleas en los bares. Dios. Me lavé un poco la sangre, di de comer a los 9 gatos y me volví a la cama. Linda tampoco se sentía demasiado bien. Pero había podido ver su concierto de rock.

Sabía que no iba a poder escribir en 3 o 4 días, y que pasaría un par de días antes de que pudiera regresar al hipódromo.

Me quedaba, una vez más, la música clásica. Bueno, me sentía honrado y todo lo demás. Está muy bien que las estrellas de rock lean lo que escribo, pero sé de hombres que están en la cárcel y en manicomios que también lo hacen. Yo no tengo nada que ver con quién lee lo que escribo. Olvidémoslo.

Es bueno estar sentado aquí esta noche, en este pequeño cuarto del primer piso, escuchando la radio, mientras el viejo cuerpo, la vieja mente, se reparan. Éste es mi sitio, y así debo estar. Así. Así.

He estado en el hipódromo hoy, bajo la lluvia, viendo
ganar a 7 favoritos en 9 carreras. Un jugador como yo
no tiene nada que hacer cuando ocurre eso. Vi cómo
las horas iban siendo golpeadas en la cabeza y estuve mirando a la gente, que examinaba sus hojas de
apuestas, periódicos y formularios de carreras. Muchos de ellos se fueron temprano; bajaban por las escaleras mecánicas y se marchaban. (Oigo disparos ahí
fuera mientras escribo esto; la vida ha vuelto a la nor-
malidad.) Después de unas 4 o 5 carreras salí de la tribuna y bajé a las gradas. Había diferencias. Menos
blancos, por supuesto, y más pobres, por supuesto.
Allí abajo yo estaba en minoría. Me paseé por allí sintiendo la desesperación que flotaba en el ambiente.
Éstos eran jugadores de a 2 dólares. No apostaban a
favoritos. Apostaban a los caballos difíciles, a las exac-
tas, a los dobles combinados. Esperaban sacar mucho
dinero a cambio de muy poco dinero, y se estaban
ahogando. Ahogándose en la lluvia. La atmósfera era
sombría allí abajo. Necesitaba un pasatiempo nuevo.

El hipódromo había cambiado. Hacía cuarenta
años se respiraba cierta alegría en el ambiente, hasta
entre los perdedores. Los bares estaban llenos. Éste
era un público diferente, la ciudad era diferente, el

mundo era diferente. No había dinero para lanzar por los aires, ni dinero para fundir alegremente, ni dinero para volver mañana. Esto era el fin del mundo. Ropa vieja. Caras retorcidas y amargadas. El dinero del alquiler. El dinero ganado a 5 dólares la hora. El dinero de los parados, de los inmigrantes ilegales. El dinero de los ladrones de poca monta, de los rateros, el dinero de los desheredados. El aire era oscuro. Y las colas eran largas. A los pobres los hacían guardar largas colas. Los pobres estaban acostumbrados a las largas colas. Y se ponían en ellas para que les machacaran sus pequeños sueños.

Éste era el hipódromo de Hollywood Park, situado en el distrito de los negros, en el distrito de los centroamericanos y otras minorías.

Subí otra vez a la tribuna, a las colas más cortas. Me puse en una de ellas y aposté 20 dólares a ganador al segundo favorito.

—¿Cuándo lo va a hacer? —me preguntó el cajero.

—¿Hacer qué? —pregunté.

—Cobrar alguna apuesta.

—Cualquier día de éstos —le dije.

Me di la vuelta y me marché. Le oí decir algo más. Era un tipo viejo y encorvado, de pelo blanco. Estaba pasando un mal día. Muchos de los cajeros apuestan. Yo intentaba ir a un cajero diferente cada vez que hacía una apuesta; no quería confraternizar con ellos. Ese cabrón se había pasado de listo. No era asunto suyo que yo cobrara o dejara de cobrar alguna vez una apuesta. Los cajeros chupaban rueda cuando tenías una racha de suerte. Se preguntaban unos a otros: «¿A qué caballo ha apostado ése?» Pero si te equivocabas se te mosqueaban. Que usaran ellos la cabeza. El hecho de que yo estuviera en el hipódromo todos los días no significaba que fuera jugador profesional. Yo era escritor profesional. A veces.

Seguí caminando y vi a un chaval que venía corriendo hacia mí. Ya sabía lo que me iba a preguntar. El chaval me cortó el paso.

—Perdone —me dijo—, ¿es usted Charles Bukowski?

—Charles Darwin —dije, antes de rodearle y seguir andando.

No quería oírlo, fuera lo que fuese lo que me quisiera decir.

Estuve viendo la carrera y mi caballo llegó en segundo lugar, detrás de otro favorito. Cuando la pista está en mal estado o embarrada ganan demasiados favoritos. No sé por qué, pero pasa. Saqué el culo del hipódromo, me metí en el coche y me marché.

Llegué a casa, saludé a Linda. Recogí el correo. Carta de rechazo del *Oxford American*. Releí los poemas. No estaban mal, eran buenos, pero no excepcionales. Hoy me tocaba perder. Pero seguía vivo. Casi habíamos llegado al año 2000 y seguía vivo, si es que eso significaba algo.

Fuimos a cenar a un restaurante mexicano. Todo el mundo hablaba del combate de esa noche. Chávez y Haugin ante 130.000 espectadores en Ciudad de México. En mi opinión Haugin no tenía nada que hacer. Tenía agallas pero no tenía pegada, ni movimiento, y su mejor momento había pasado hacía unos 3 años. Chávez lo tenía en sus manos.

Y esa noche ocurrió lo que tenía que ocurrir. Chávez ni siquiera se sentó entre asaltos. Casi ni jadeaba. El combate fue un choque limpio, vertiginoso y brutal. Los puñetazos de Chávez en el cuerpo de su oponente me hicieron estremecerme. Era como pegarle a un hombre en las costillas con un martillo pilón. Chávez se aburrió por fin de cargar con su oponente y lo noqueó.

—Bueno, qué demonios —le dije a mi mujer—, hemos pagado por ver exactamente lo que esperábamos ver.

Apagamos la televisión.

Al día siguiente venían los japoneses a entrevistarme. Ya se había publicado un libro mío en japonés, y se estaba preparando otro. ¿De qué podría hablarles? ¿De los caballos? ¿De la asfixiante vida en la oscuridad de las tribunas? Quizá se limitaran a hacer preguntas. Eso deberían hacer. ¿Yo era escritor, no? Qué raro que todo el mundo tuviera que ser algo, ¿no? Vagabundo, famoso, homosexual, loco, lo que fuera. Si vuelven a meter 7 favoritos en una jornada de 9 carreras, voy a empezar a dedicarme a otra cosa. Salir a correr. O visitar museos. O pintar con los dedos. O jugar al ajedrez. Quiero decir, Dios mío, que todo eso es igual de estúpido.

El capitán ha salido a comer y los marineros han tomado el barco.

¿Por qué hay tan poca gente interesante? De entre todos los millones, ¿por qué no hay unos cuantos? ¿Tenemos que continuar viviendo con esta mo-
nótona y pesada especie? Parece como si su único
acto posible fuera la Violencia. Eso se les da muy
bien. Les hace florecer de verdad. Flores de mierda,
apestando nuestras posibilidades. El problema es
que tengo que seguir interactuando con ellos. Es decir, si quiero que las luces se enciendan, si quiero
que me reparen este ordenador, si quiero tirar de la
cadena, comprar un neumático nuevo, sacarme un
diente o que me abran las tripas, tengo que seguir
interactuando. Tengo que contar con esos jodidos
para las pequeñas necesidades, por mucho que ellos
mismos me horroricen. Y decir que me horrorizan
es ser amable.

Pero me machacan la conciencia con su fracaso en
las áreas más elementales. Por ejemplo, todos los días,
cuando voy al hipódromo en el coche, no hago más
que sintonizar diferentes emisoras en la radio, buscando música, música decente. Pero todo lo que suena es malo, plano; no tiene vida, ni melodía, ni fuerza.

«POR EJEMPLO, TODOS LOS DÍAS, CUANDO VOY
AL HIPÓDROMO EN EL COCHE, NO HAGO MÁS QUE
SINTONIZAR DIFERENTES EMISORAS EN LA RADIO,
BUSCANDO MÚSICA, MÚSICA DECENTE. PERO TODO
LO QUE SUENA ES MALO, PLANO; NO TIENE VIDA,
NI MELODÍA, NI FUERZA.»

Y sin embargo, algunas de esas composiciones se venden a millones, y sus creadores se consideran verdaderos Artistas. Es horrible, una horrible aguachirle que entra en las mentes de cabezas jóvenes. Les gusta. Dios mío, les das mierda y se la comen. ¿No tienen discernimiento? ¿No tienen oídos? ¿No perciben la adulteración, la ranciedad?

No me puedo creer que no haya nada. No hago más que apretar el botón, en busca de nuevas emisoras. Hace menos de un año que tengo el coche, y el botón de la radio tiene la pintura negra completamente desgastada. Se ha quedado blanco, marfileño, mirándome.

Bueno, sí, está la música clásica. Al final, siempre tengo que volver a ella. Pero sé que siempre la tendré. La escucho durante 3 o 4 horas todas las noches. Aun así, sigo buscando otro tipo de música. Pero no la hay. Debería haberla. Me preocupa. Se nos ha escamoteado toda un área de nuestra existencia. Pensad en toda la gente que nunca ha escuchado música decente. No me sorprende que se les caiga la cara a pedazos, que se maten unos a otros sin pensarlo siquiera, que no tengan corazón.

Bueno, ¿y qué puedo hacer? Nada.

Las películas son igual de malas. Escucho o leo a los críticos. Una gran película, te dicen. Y voy a ver la mencionada película. Y me quedo allí sentado sintiéndome un maldito imbécil, sintiendo que me han robado, engañado. Ya sé lo que va a pasar en cada escena antes de que ocurra. Y las previsibles motivaciones de los personajes, lo que les impulsa a actuar, lo que buscan, lo que consideran importante, es tan juvenil y patético, tan burdo y aburrido. Las escenas de amor son mortificantes, anticuadas, papilla preciosista.

Creo que la mayoría de la gente ve demasiadas películas. Y los críticos, desde luego. Cuando dicen que una película es muy buena, quieren decir que lo es en relación con las demás películas que han visto. Han perdido la perspectiva. Cada vez los golpean más y más películas. Ya no disciernen, se han perdido en la maraña. Han olvidado lo que realmente apesta, que es casi todo lo que ven.

Y en cuanto a la televisión, mejor ni hablar de ella.

Y como escritor... ¿lo soy? Ah, bueno. Como escritor, tengo problemas para leer las cosas que escriben los demás. No me dicen nada. Para empezar, no saben cómo poner una línea, un párrafo, en la página. No tienes más que mirar el texto impreso, de lejos, y ya te parece aburrido. Y cuando te acercas y lo lees, es peor que aburrido. No tiene ritmo. No tiene sorpresa, ni frescura. No tiene riesgo, ni fuego, ni jugo. ¿Qué es lo que están haciendo? Parece un trabajo duro. No me sorprende que la mayoría de los escritores afirmen que les resulta doloroso escribir. Eso lo puedo comprender.

A veces, cuando mi propia escritura no ha rugido, he intentado otras cosas. He rociado de vino las páginas, les he arrimado una cerilla para agujerearlas con la llama. «¿Qué estás HACIENDO ahí dentro? ¡Huele a humo!» «No, tranquila, nena, no pasa nada...»

Una vez se prendió fuego la papelera y la saqué corriendo al balcón y le eché cerveza por encima.

Para mi propia escritura, me gusta ver los comba-tes de boxeo, ver cómo se usa la izquierda, el derecha-zo, el gancho izquierdo, el uppercut, el revés. Me gus-ta ver cómo se enzarzan, cómo se separan de la lona. Hay algo ahí que aprender, algo que aplicar al arte de la escritura, a la manera de escribir. Tienes una sola oportunidad y se acabó. Sólo quedan páginas, así que más te vale que echen humo.

La música clásica, los puros, el ordenador, hacen que la escritura baile, grite, ría. Esta pesadilla de vida ayuda también.

Todos los días, cuando entro en el hipódromo, sé que estoy reduciendo a mierda mis horas. Pero me que-da la noche. ¿Qué hacen los demás escritores? ¿Mirar-se al espejo y examinarse los lóbulos de las orejas? Y luego escribir sobre ellos. O sobre sus madres. O sobre cómo Salvar al Mundo. Bueno, lo pueden salvar por mí, pero no escribiendo esas cosas aburridas. Esa agua-chirle floja y desbravada. ¡Basta! ¡Basta! ¡Basta! Nece-sito algo que leer. ¿No hay nada que leer? Creo que no. Si lo encontráis, avisadme. No, mejor que no. Ya lo sé: vosotros lo habéis escrito. Olvidémoslo. Que os den morcilla.

Recuerdo una larga e iracunda carta que recibí un día de un hombre que me decía que no tenía derecho a decir que no me gustaba Shakespeare. Demasiados jó-venes me creerían y no se molestarían en leer a Shakes-peare. No tenía derecho a adoptar esa postura. Seguía y seguía con ese rollo. No le contesté. Pero lo haré aquí.

Que te den por el culo, compañero. ¡Y tampoco me gusta Tolstói!

Impreso en Litografía Rosés, S. A.
Progrés, 54-60. Polígono La Post
Gavá (Barcelona)

quinteto
(q)